海上梦魇

A Psychological Shipwreck

[美]安布罗斯·比尔斯 著
邹文华 译

上海文艺出版社
上海故事会文化传媒有限公司

编委会

总策划 夏一鸣

主　编 黄禄善

副主编 高　健

编辑成员（按姓氏拼音为序）

蔡美凤　高　健　胡　捷

黄禄善　吴　艳　夏一鸣　杨怡君

名家导读

/何辉斌

  何辉斌,浙江大学教授、博士生导师,浙江省151人才工程第二层次培养人员,兼任中国认知诗学学会常务理事、浙江省比较文学与世界文学学会理事、《认知诗学》编委、《文化艺术研究》编委,主要研究领域为中西戏剧的比较研究、外国文学研究史和文学认知研究;主要学术著作五部。

爱情:名词,短暂的疯狂,结婚可愈。

漂亮:名词,女人用来吸引情人、要挟丈夫的威力。

礼貌:名词,可以接受的虚伪。

祝贺:名词,文明的妒忌。

魔鬼:名词,表现内心恐惧且可见的外在表象。

叉子:名词,主要用于把死去的动物送入嘴中的工具。

玩世不恭者:名词,视觉有问题的摸黑者,往往实然地而不是应然地看事情。

  安布罗斯·比尔斯(Ambrose Bierce, 1842—1914)是美国著名记者和恐怖、灵异小说家。他的《魔鬼词典》(The Devil's Dictionary)被列入"100部美国文学名著",他的《猫头鹰桥上的恐怖故事》(An Occurrence at Owl Creek Bridge)被看作"美国文学中列入选集次数最多的、最著名的故事",他的《士兵和百姓的故事》(Tales of Soldiers and Civilians)被认为是1900年前出版的"100本最有影响力的书之一"。有人认为,他的恐怖小说可以比肩埃德加·艾伦·坡和霍华德·菲利普·洛夫克拉夫特。他描写战争的故事对斯蒂芬·克莱恩和欧内斯特·海明威产生了巨大影响。世界闻名的《魔鬼词典》的初版为《愤世嫉俗者的词典》(The Cynic's Word Book)。上文的七句名言皆出自这本奇书,充满哲理,但又玩世不恭。这次出版的故事集,包含了《猫头鹰桥上的恐怖故事》等篇章,都是脍炙人口的名篇。

1842年6月24日,安布罗斯·比尔斯出生在俄亥俄州梅格斯县一个贫苦的农民家庭。十几岁时他随全家搬迁至北印第安纳,一家十余口人依靠在小农场耕种为生。因为穷,他只上了一年中学,但父母都是文学爱好者,所以他从小受到文学熏陶。南北战争爆发前夕,他参加了联邦军队,在威廉·哈森将军麾下当地形测量军官。枪林弹雨的战场经历为他以后的文学创作打下了生活基础。战争结束后,他定居在旧金山,并依靠自学当上了《新闻通讯》(News Letter)的编辑。从此,他开始了编辑兼作家的忙碌生涯。1872年,他和一个有钱矿主的女儿结了婚。婚后同她一道去英格兰,先后在几家报刊任职。在此期间,他出版了三本作品集。1875年,他回到美国,出任《旧金山淘金者》(San Francisco Argonaut) 副编辑,之后又加盟《旧金山观察者》(San Francisco Examiner),任专栏作家。自1888年起,他的命运急转直下,先是与妻子分居,接着大儿子因情场受挫而自杀,小儿子死于酗酒和疾病。他逐渐变得悲观,对人生陷于失望。他大部分与死亡有关的恐怖小说都是在这之后创作的。1913年,比尔斯已经厌恶美国式的文明,他决定退休。于同年10月,他购置了一套马车,并驱车前往饱经战争创伤的墨西哥心脏,去寻找"真、善、美",但没有人知道他最后的下落如何。他的一生充满传奇,最后的结局更是文学史上一个解不开的谜。多部小说将比尔斯作为主人公来描写,还有电影将他的生平搬上银幕。读他的恐怖小说,让人心惊肉跳;了解他的生平,看到的都是冒险与传奇。

从1866年进入《新闻通讯》到1914年神秘失踪,安布罗斯·比尔斯写的作品非常可观,但流传至今并且为人所知的主要为《军人和百姓的故事》和《这些事可能吗?》(Can Such Things Be?) 这两本书。这两本书的精华是十多篇超自然恐怖小说。这些故事最重要的主题之一便是复仇,描述的是死人变成幽灵、鬼魂来对曾经造成伤害或死亡的人复仇、索命。《复仇冤魂》《闹鬼的山谷》《鬼屋之夜》等作品都描述了被谋杀者向刽子手复仇的过程。值得一提的是,《鬼屋之夜》的主角是一个冤死的中国移民的鬼魂。故事的描写非常形象生动,让人毛骨悚然。以下就是一段精彩的描绘:"地板中央方孔里冒出了那个已经死去的中国人的头颅。他的眼窝干瘪,一双玻璃眼骨碌碌地盯着那条摇晃的辫子，脸上露出极度渴望的表情。比森先生惊恐地叫了一声，再次伸手捂住脸。房间里充满了大烟味。那鬼魅只披了一件蓝色丝面夹袄，夹袄铺着一层厚厚的霉。如同一个慢慢推起的弹簧，它站了起来，待到两膝齐地，像跳跃的火苗似的猛然上冲。那鬼魅双手抓住辫子，挺起身，用黄得可怕的牙齿咬住辫梢，可怕地来回晃动着。接着它用力解下横梁上原属自己的东西，没有发出一点声响。"这个场景非常惊悚，让读者心惊肉跳。

恐怖故事的场景往往为鬼屋，如古堡、教堂、旧屋等，描写的是可怕的内部空间。上文提到的《鬼屋之夜》是一个典型的例子，《古宅惊魂》《幽灵店主》等也把鬼屋描写得活灵活现。所谓的鬼屋是指废弃的房子，通常经历过谋杀或者其他类似的恐怖事件，并且经常闹鬼。明知闹鬼，人们却还要有意或者无意地去靠近或进入这闹鬼的屋子，结果导致悲剧再次发生。这种内部空间往往机关重重、幽暗可怕，让人感到压抑，逃无可逃，甚是恐惧。相比之下，外在空间一般没有那么可怕，并非恐怖故事的首选。但有些外在空间，如峡谷、荒野、森林等，也可以作为恐怖小说的场景。比尔斯的《闹鬼的山谷》与《林中活尸》等把外在空间也描绘得让人不寒而栗。

阅读比尔斯的《魔鬼词典》我们就可以知道，他是一个玩世不恭的怀疑主义者。一个敢于怀疑一切的人真的会相信鬼魅吗？分析一下他的名篇《古宅惊魂》，应该可以看出一个大概。在这个故事中，一个叫贾里特的人，长着黝黑的皮肤，嗜赌如命。他和别人打赌的内容是：

把自己和一具尸体一起锁在一栋废弃宅子的黑屋子里，不许用被单罩布之类蒙住眼睛，看看是否能够坚持一个晚上，并且不会发疯。从他踏进房间一直到最后，他都在经历着非常人所能想象的煎熬和恐惧。我们读一读下面的描述，可以体会到作者高明的笔法："与此同时，房间的大门倏地被推开。一个人走了进来，一步一步挪向尸体。他刚进来，门便'啪'的一声扣上，接着，外面传来一阵窸窸窣窣的声响，有人正在吃力地转动发涩的锁孔。只听得'啪'的一声，锁栓扣进了锁眼。随即走廊上响起了七零八落的脚步声……这个人踱到长条桌旁，站了一会儿，端详了一番尸体，随后耸耸肩，走到窗子跟前，拨开百叶窗，眺望黑魆魆的夜景。窗子上积了厚厚的一层土，他用手试了试，才发现窗子嵌在雕花的石板里，外面装了结实的铁护栏。他又跑去查看另一扇窗子，情形也是如此。"但富有讽刺意味的是，贾里特并不知道，那具尸体是由真人曼切尔假扮的。最后他被这个活人假装的尸体吓死。故事虽然非常恐怖，但并未涉及真正的鬼怪。从比尔斯玩世不恭的人生观来看，他未必相信鬼怪的存在，恐怖感也许只是体现了他的创作艺术。

　　幽灵、死亡必然给人带来恐惧感，在现实当中，属于痛苦的感觉，人们都尽量设法避免。而这么可怕的东西为什么在小说当中还深受欢迎呢？法国修道院院长杜博曾经做过有意义的解释。他认为，对于心灵最有害的莫过于老是处在那种懒洋洋的毫无生气的状态里，它会毁掉一切热情和事业。为了摆脱令人厌倦的状态，人们就到处寻找能吸引他兴趣和值得追求的东西,如各种事务、游戏等。不论引起的激情是什么,即使它是使人不快的、苦恼的、悲伤的、混乱的,也总比枯燥乏味、有气无力的状态更好。悲痛的故事的确可以帮助读者摆脱无精打采的状态,使精神高度兴奋,但杜博并未对现实中的不愉快和文学中的不愉快进行区分。弗洛伊德对这个问题做了深刻的分析,他说:"作家的所作所为与玩耍中的孩子的作为一样。他创造出了一个他本人十分严肃对待的幻想世界——也就是说,他对这个幻想的世界怀着极大的热情——同时又把它同现实严格地区分开来。"这就是说,痛苦的故事可以使人兴奋,但读者又能够把它和现实分开,视之为游戏。这就是为什么现实中人们逃避痛苦而在小说中却喜欢痛苦的重要原因。恐怖是最不愉快的感受之一,是人们首先应当回避的,但小说的虚构性,使它变得受欢迎。

Contents

鬼屋之夜　1

古宅惊魂　12

邪恶的鬼魂　27

诊断死亡　47

卡可索的永恒魂灵　52

闹鬼的山谷　58

犬魂　74

行尸游荡　78

鬼谷谜云　86

恐怖的葬礼　97

盗尸者　100

孪生兄弟　103

幽灵返乡　112

转世灵魂　119

林中活尸　127

复仇冤魂　137

不速鬼客　149

幽灵情思　158

鬼魅世界　170

海上梦魇　180

猫头鹰桥上的恐怖故事　187

鬼屋之夜

　　这是一个奇冷无比的夜晚。天气晴朗，天空清澈得就像一颗钻石的中心。晴朗的天空往往寒意更浓。虽说在黑夜，就是冷也未必觉得，可当你能悟出冷时就觉得受不了。这晚的天空异常清澈，因此气候也就显得更冷了，仿佛一个人挨了蛇咬，简直痛入骨髓。月亮在南山顶高大的松树后面神秘地挪动。已经冻硬了的雪地上，辉映着清冷的白光。西方黑乎乎的天幕下，隐隐现出鬼魅般的海岸山脉轮廓。山脉那边是太平洋。雪沿着峡谷底部开阔地伸展，有的堆成长长的山脊，高低起伏；有的堆成小丘，像是四处飞溅的浪花，那浪花其实是月亮投射到雪面之后辉映出来的白光。

矿山营房的废墟中，许多破旧的小屋都被雪湮没了（水手们会说它们沉没了）。偶尔，连那曾经架起水渠的高大的栈桥也都盖满了雪。栈桥上是一条叫作"弗鲁姆"的水渠。"弗鲁姆"就是拉丁语"弗鲁门"的同义语。生活在大山中的淘金者自有其生活的优越感，其中大山不能从他们身上剥夺的就是他们说拉丁语的权利。人们谈起去世的邻居时说"他到渠上去了"，比说"他命归黄泉"更委婉一些。

大雪穿上铠甲抵御寒风肆虐的同时紧紧抓住每一处有利地势。它像是被风驱赶的俨然撤退的大军，在开阔的地方摆开阵势：能立足的地方立足，能藏身的地方藏身。偶尔也能看见整片整片的白雪躲在断壁残垣之后。山腰上凿出的那条崎岖的废弃山路也堆满了白雪，那白雪一队接着一队争先恐后地从这条道上逃去。冬天的子夜里，人们再也想不出比"死人谷"更凄凉、更阴森的地方了。可是希拉姆·比森偏选中这里，成为这里唯一的居民。

他的松木小屋就在北山的山腰上。一束微光穿透小屋仅有的一块玻璃，整个小屋看上去宛若一个用崭新发亮的别针别在山腰上的甲壳虫。屋内，比森先生独自坐在熊熊的炉火前。他出神地盯着红通通的炉内，好像平生从没见过那种东西似的。他长得并不好看，头发灰白，衣衫褴褛，不修边幅，脸色苍白憔悴，两眼炯炯发光。至于他的年龄，人们可能先是猜四十七岁，随即纠正说七十四岁，而实际上他才二十八岁。他形容枯槁,也许马上就能见本特利洼地那位拮据的殡葬员以及索诺拉那位满腔热情的新任验尸官了。贫困和热情就像上下两块磨石,在这种三明治中充当夹心真是危险。

比森先生坐在那里,双肘撑在膝盖上。肘关节和膝关节处的衣服都已破烂不堪,干瘦的双手捧着干瘪的下巴。他还没打算上床。此时,他看起来好像只要稍微挪动便会绊倒,摔得粉身碎骨。尽管如此,在过去的一小时里,他的眼睛还是眨了不止三次。

突然,屋外响起了刺耳的敲门声。在这样的夜晚,在这样的天气里的敲门声,对一个在峡谷中住了两年都没见过一张人脸,又很清楚这一地区道路不通的人来说,准会大吃一惊。然而,比森先生只是抬眼看了看,甚至在门推开时,他也不过耸了耸肩,缩了缩身子而已,犹如人们在等待什么东西却又不愿看到,又好像殡仪馆里的妇人,等着棺材从身后走道上抬来时才露出无奈的样子。

走进门来的是一个瘦高的老头。他身穿绒毛外衣,头上裹着面巾,脸上蒙着面罩,眼珠发绿,露在外面的脸煞白煞白的。他进来时,迈着阔步,却没有一丝响声。老头将自己戴着手套的僵硬的手放在比森先生的肩上,比森先生不由自主地仰起头,脸上失去了血色。不管他在等谁,很显然,他没料到自己迎来的会是这样的人。然而,见到这位不速之客,比森先生百感交集:惊诧、感激,最后是深深的祝福。

他站起身，从肩上抓起那只青筋突出的手，热情地和老头握了两下。那股热情真令人难以理解。因为就老头的外表而言，一点引人注目的地方也没有，反而令人厌恶。然而相对厌恶，魅力总是无处不在；而厌恶尽管无处不在，但不为人重视。世界上最有魅力的东西要算我们在脸上本能地蒙上遮羞布，若想再注目一点或者更迷人一点，就再在上面堆上七英尺厚的泥土。

"先生好，"比森先生说着，松开了老头的手。那手自然垂下，轻轻地落在他的腿上，"天气太糟糕了，请坐，见到您真高兴。"

人们怎么也不会想到比森的话竟会那么随和，那么文雅。真的，他的外表和言行反差太大了，谁也不相信这会是矿上最为普通的一种交际现象。老头朝炉火前走上一步，深陷的绿眼珠闪着亮光。比森先生接着说："我真的很高兴！"

其实，比森先生的话还不算十分文雅。那话早已降低了标准，带有当地的味道了。他停了片刻，目光从来客的面罩向下，掠过那排发霉的紧扣着的大衣纽扣，最后落在那双发绿的牛皮鞋上。鞋上沾着的雪泥已开始融化，一股股地流到地上。他审视完自己的来客，脸上露出了满意的神情，谁都会满意的。然后，他接着说："真不巧，我只能照现有的一切来招待你了。不过，你若不嫌委屈，愿意跟我在一起，而不想到本特利洼地寻找更好的住处的话，我感到十分荣幸。"

比森先生的话既殷勤好客,又谦卑讲究,好像在说老头在这样的冰天雪地走上十四英里,来到他的温暖小屋,简直是种无法忍受的痛苦。作为回应,老头解开外套。主人在火上又加了块煤,用一只狼尾巴掸着炉床,接着道:"但是我又想,你最好快点离开这里。"

老头在炉边坐了下来,把那双宽大的鞋底伸向炉火,没有摘下帽子。在矿上,人们很少脱帽,除非脱掉鞋子。比森先生没有再说话,也在一把椅子上坐下。这椅子原来是一只桶,还保留着它原来的特征,好像是为了收藏他的骨灰而设计的,倘若能使他粉身碎骨的话。霎时间,小屋又沉静下来。这时,远处松林里传来一只恶狼的嚎叫声,门框嘎嘎作响,两者的相连意味着狼厌恶风暴。而风却越刮越紧了,然而两者之间似乎又有一种诡谲的巧合。比森先生感到一种莫名的恐惧,打了个寒战。他很快又定了定神,再次对他的客人说道:"今晚这儿有些蹊跷,我将一切都告诉你吧。当然,如果你决定要走,我可以送你走过那段最可怕的路,一直送到鲍迪·彼得森枪杀本·哈克的地方。我想你知道那个地方。"

老头用力地点了点头,像是暗示他不仅知道,而且非常熟悉那个地方。

"两年前,"比森先生开始说道,"我,还有两位同伴,住进了这间房子。在人们都涌向洼地时,我和其他人也一道离开这里。不到十小时,整个峡谷里的人都走光了。可是那天晚上,我发现自己落下了一只珍贵的手枪(就是那只),便赶回来取。结果我独自一人在这里过了一夜,从此每夜都在这里度过。我得说明一下,就在我们还没离开这里的前几天,我们的中国用人死了。那时天寒地冻,很难像平常那样给他挖个坟墓。于是我们匆匆离去的那天,只好把地板挖开,草草地安葬了他,但人还没入土。我十分没趣地剪去他的辫子,把它钉在坟上的横梁上。那地方你这会儿就能看见,不过最好等你暖和了再慢慢看。我有没有说那个中国人是老死的?当然不管他怎么死,都与我无关。我回来,既不是因为这里有什么无法抵御的诱惑,也不是鬼迷心窍,只是因为我把手枪忘在这里。这你很清楚,对吗,先生?"

老头神情严肃地点了点头。他看上去是个寡言少语的人,即使有话,也不多。

比森先生继续道:"根据中国人的信仰,人就像风筝,没了辫子尾巴就上不了天。哎,长话短说吧——可是我认为还是说一下好——那晚我独自一个人在这儿,怎么也没想到那个中国人会回来要他的辫子。他没有拿到。"

说到这里比森先生再度陷入沉默,茫然若失。也许因为他不太习惯说那么多话,也许他突然想起什么,不能分神。这时风声四起,山坡上的松树被风刮得嘎嘎作响,声音异常清晰。

比森继续说道："你也许会说并没看出那有什么重要，我承认当时也没看出什么，但他还是来了。"

又是一段长时间的沉默，两人盯着炉火一动不动。然后，比森两眼盯着面前那张神情麻木的脸，猛然说："给他？先生，在这件事上我不想费神向任何人讨教，我想你会谅解我的。"说到这里，他的话特别有力。"我冒险把那辫子钉牢，并承担看守它的艰巨任务，所以不想按你的建议来做，尽管你的建议可能周到些。"

"你把我当作莫多克人？"

他突然咆哮起来，愤怒地把抗议灌进客人的耳里，就像铁拳打在耳门上一般。那是一种抗议又是一种质问。被误认为胆小鬼——被当作莫多克人，这两种说法是一个意思。有时候说是中国人，你把我当作中国人？人们常会对一个暴卒的人这么说。

比森先生的愤怒吼叫没有产生效果，他停了片刻。这时，风在烟囱里隆隆作响，就像泥土掷在棺材上发出的声音。他继续说："可正像你要说的，它弄得我疲惫不堪。我感到过去两年的生活是一个错误，一个应该自我修正的错误。你明白怎么回事。那个坟墓，不，没人动过它，地面冻得很硬。哦，欢迎你。你也许会说在本特利家——可那也没关系。那地硬得很难挖，他们在辫子外还系了丝绸。哇——呼。"

比森先生闭着眼睛说着，想到什么就说什么。他最后一句简直就是打鼾。过了一会儿，他长长地吸了口气，费劲地睁开双眼，只说了一句话，就进入了梦乡。他说的是："他们在偷我的钱！"

这时，那位上了年纪的陌生老头（他来这儿还没说一句话）站起身来，缓缓放下他的外衣。他在外衣里面穿着法兰绒内衣，显得瘦骨嶙峋，就像那位名叫西尼奥里那·费斯多哈兹的爱尔兰妇女一样——她身高六英尺，仅有五十六磅重，常常穿着宽松的内衣，出现在圣弗朗西斯科人面前。他慢慢爬到一张床上，按这个地区的习惯，会把手枪放在容易够着的地方。这手枪是他从架上拿过来的，就是比森先生提到的两年前回峡谷来取的那支。

不一会儿，比森先生醒来，看见老头已经躺下，他也准备上床休息。但在上床前，他走到了中国人已经编成一束的辫子前，用力拽了一下，以检验是否钉得牢固。那两张床——其实只是两个铺着不太干净的毛毯的架子——靠房间两边相对摆放。那个通向中国人坟墓的小的活动板门，就在两床之间。顺便说一下，门上钉着两行铆钉，交叉成十字形。为了抵御超自然事物的威胁，他也没忘记拿东西来防备。

这时，炉火暗了下去。蓝莹莹的火焰任性地跳动、闪烁，在墙上投下鬼魅般的影子。鬼影上下移动，一分一合。房间的另一头，那条辫子在屋顶附近投下的影子晃荡不定，好像一个活动的惊叹号一般。外面阵阵松涛声，宛如在高奏庄严的凯歌。松涛声停下来，四周又静得吓人。

沉默之间，地上的活动板门开始升起，动作缓慢而平稳，与此同时，老头抬起脑袋，动作显得同样有条不紊。他两眼盯着那里，只听一声霹雳，声音差点把房屋震塌。活动板门被掀开了，上面的铆钉锈迹斑斑，钉头向上，甚是吓人。比森先生惊醒了，但没有起身。他用力捂着眼睛，浑身战栗，牙齿格格作响。他的客人用肘子支起身子，斜躺着，同时抬起油灯似的两只眼睛，注视着面前发生的一切。

烟囱突然吹进一阵风，扬起了炉内的灰烬。霎时间，一切都暗淡下去。等到火光再度照亮房间时，他们发现在炉边凳子上瑟瑟地坐着一位黝黑的矮小男子。他相貌堂堂，穿着考究，笑吟吟地向老头致意。"显然，他来自旧金山。"比森想道。他定了定神，竭力想办法解决今晚的麻烦事。

又一个演员上台了。地板中央方孔里冒出了那个已经死去的中国人的头颅。他的眼窝干瘪，一双玻璃眼骨碌碌地盯着那条摇晃的辫子，脸上露出极度渴望的表情。比森先生惊恐地叫了一声，再次伸手捂住脸。房间里充满了大烟味。那鬼魅只披了一件蓝色丝面夹袄，夹袄上铺着一层厚厚的霉。如同一个慢慢推起的弹簧，它站了起来，待到两膝齐地，像跳跃的火苗似的猛然上冲。那鬼魅双手抓住辫子，挺起身，用黄得可怕的牙齿咬住辫梢，可怕地来回晃动着。接着它用力解下横梁上原

9

属于自己的东西，没有发出一点声响。整个动作如同尸体被插上直流电，它不停地抽搐，然而这抽搐却又悄然无声。

比森先生蜷缩在床上，而那个黝黑的小个子叉着双腿，用脚靴急促地敲出鼓点，还不时地看着手上沉甸甸的金表。老头坐直了身子，暗暗地攥紧了手枪。

"砰"。

如同尸体从绞刑架上砰然落下地面。那个鬼魅叼着辫子，坠入下面的黑洞之中。活动板门又翻过面，"啪"的一声关上了。而那个来自旧金山的黝黑矮小男子从坐的地方一跃而起。他脱下帽子，像小男孩捉蝴蝶似的在空中一挥，好像抓住了什么，然后化成一阵被吸进烟囱的风，身形变得无影无踪。

屋外，黑沉沉的远方隐约飘来了一阵长长的呜咽，仿佛像小孩在荒野里被掐死时发出的惨叫，又仿佛像人的鬼魂被牵动时的悲鸣。也许，那是郊区的恶狼在嗥叫。

来年早春，一群矿工去新矿区，途经死人谷。他们来到废弃的小屋，在一个房间里发现了希拉姆·比森的尸体。他僵直地躺在床上，一颗子弹穿过胸口。显然，子弹是从他对面飞过来的，因为房顶上一根橡木横梁上有一个浅浅的弹痕。子弹打在横梁的一个硬木节上，然后反弹，正中死者胸部。同一横梁上系着的好像是一截辫子，辫子已被子弹飞向硬木节时打断。再无别的趣事可提了，除了一套发霉的与他不相称的衣物外，还有其他几件物品。后来，一些有声望的目击者认出，这是几年前那个埋在屋里的死人的东西。可是很难理解，那东西又怎么会出现在这里，除非人们解释这些衣物是死神穿的伪装，但这又太令人难以置信了。

古宅惊魂

一

深夜九点。旧金山市北海滩一栋无人居住的古宅内，楼上的一个房间烛影憧憧，昏暗的烛光辉映着当中一具用裹尸布盖着的尸体。正值暖风微醺的天气，本应打开窗户透透气，可这间房却门户紧闭，百叶窗拉得低低的。房间里零星地摆了两三样家具——一把扶手椅、一个小书架，还有一张摆放着尸体的长条桌。房间里到处覆盖着厚浊的灰土，墙垣屋角蛛网密布，唯独这几样摆设和尸体纤尘不染。想来这些家具是最近才搬进来的。

裹尸布隐隐凸显出死者身体的轮廓和脸部狰狞的线条。这张脸显然饱受了病痛的折磨才瘦得这样厉害。这间房子建在宅子后面,又远离喧嚣的街道,所以四下无声,显得静悄悄的。

"铛——铛——铛——"

附近教堂的大钟缓缓敲了九下。时光飞逝,慵散的钟声只是兀自响着,叫人纳闷为何要如此费心按时击鸣。

与此同时,房间的大门倏地被打开,一个人进来,朝尸体一步一步挪去。他刚进来,门便"啪"的一声扣上。接着,外面传来一阵窸窸窣窣的声响,有人正在吃力地转动生锈的锁孔。只听得"啪"的一声,锁栓扣进了锁眼。随即,走廊上响起了七零八落的脚步声。但很快一切又归于沉寂。于是,屋里的人便与囚徒无异了。这个人踱到长条桌旁,站了一会儿,端详了一番尸体,然后耸耸肩,走到窗户前,拨开百叶窗,眺望漆黑的夜景。窗子上积了厚厚的一层土,他用手试了试,才发现窗子被嵌在雕花的石板里,外面装了结实的铁护栏。他又跑去查看另一扇窗子,情形也是如此。对此,他倒没有表现出多大的兴趣,甚至连窗框都懒得推一下。假如这个人真是囚徒,倒也属于安分守己,乐天知命的那一种。他将房间巡视完一圈后,安安稳稳地坐进扶手椅里,从口袋里掏出一本书,一把拉过书架和蜡烛,气定神闲地读了起来。

这个人很年轻,不超过三十岁,黑黑的皮肤,脸刮得很干净。他长了一头乌黑的头发,面容清癯,鼻子高挺,天庭饱满,四方的下颌棱角分明。据说长了这样下巴的人都是些决绝果敢的人。他的眼睛是灰色的,目光专注而坚定。这会儿,他只是全神贯注地看书,偶尔挪开目光瞥了一眼案几上的尸体。这种环境,胆子再大的人也会有情绪上的波动,若是生性怯懦,则早被四周阴郁诡异的气氛吓倒了。但他看上去既不激动也不沮丧,只是坐在那里安安静静地看书。隔了一阵子,好像书中有什么东西让他有所触动,他才悚然惊觉自己身处何方,于是抬眼看了一下尸体。他的这份处乱不惊的睿智和气度倒也没有枉负旁人对他的信任。

  约莫过了半小时,眼看就要读完一个章节,他轻轻把书放到一边,站起身来,从地板上抄起木架,举在手里径直走到房间靠窗的一角。他把蜡烛从架子上取下来,又走回到冰冷的壁炉前——刚才他一直坐在壁炉前。过了一会儿,他走到尸体旁边,掀起尸布的一角,一簇乌黑的头发露了出来。死者脸上蒙了一层薄膜,五官看上去越显消瘦狰狞。他腾出一只手,遮住照到眼上的烛光,一脸穆然地注视着面前静静躺着的同伴。显然,他对审视的结果感到满意,于是重新把尸布盖好,又回到了座位上。他从烛台上取下几根火柴,放进上衣口袋,一屁股坐下来。接着,他取下蜡烛放在手里把玩了一番,似乎在盘算这根蜡烛还能支撑多久。蜡烛不盈两寸,看样子再过一个小时便要燃尽,到时屋子里将是漆黑一片。他把蜡烛插回烛台,"噗"的一声把烛火吹灭了。

二

卡尼街一间诊所里,三个男人围坐在一张桌子边,一边抽烟一边喝着甜果酒。差不多已近午夜,他们喝下了不少甜酒。

三人中最年长的赫尔伯森医生是此间诊所的主人,他大约三十岁,另外两个年轻人也都是医生。

"活人对死人有种近乎迷信的敬畏,"赫尔伯森医生说,"这种敬畏与生俱来,无法治愈。这就好比有人天生没有数学细胞,有人生来就有说谎的才能,其实大可不必为此感到羞愧。"

两名医生听后都笑了。"难道撒谎不可耻吗?"三人当中最年轻的一个问道。他是医学院的一名学生。

"哈珀老弟,话不能这样说。要知道,想说谎和说了谎并不是一回事情。"

"那么你认为,"第三个人插上来问,"畏惧死人的心理,尽管不理智,却很普遍咯?但我本人从来没有体验过。"

"不要忘了,你只是在行医时和死人打交道,"赫尔伯森回应道,"一旦具备了各种合适的条件——也就是莎士比亚说的'合适的季节',这种不甚愉快的情绪就会表现出来,到时让你大开眼界也说不定呢。当然,医生和士兵更有可能摆脱这种情绪。"

"医生和士兵——为什么不算上刽子手和部落酋长呢?屠杀阶层里

可少不了他们哩。"

年轻的哈珀走到酒柜取了一根雪茄,这时已回到了座位。"依你之见,什么条件下,凡是妇人所生的人都能有幸感受到人类这一共享的弱点呢?"他咬文嚼字地问医生。

"是这样的,如果把这个人和死尸一起锁在一栋废弃宅子的黑屋子里,不许用被单罩布之类蒙住眼睛,不出一晚,他就会疯掉。除非他不是妇人十月怀胎生下来的,或者和《麦克白》剧中的麦克德夫一样,没有足月就从他母亲的腹中被剖出来。"

"我还以为要怎样呢。"哈珀哼了哼,"我认识一个人,既不是士兵也不是医生,你说的他都做得到,不信可以打赌,赌注任由你定。"

"他叫什么?"

"贾里特——是我纽约的老乡,刚到加州来。不过,我没有钱替他下注,但他自己舍得出这笔钱。"

"你怎么知道?"

"那是个嗜赌如命的家伙。至于恐惧,我敢说,在他看来,恐惧就是精神错乱或者是某种宗教偏执。"

"他长什么样?"显然赫尔伯森对此人产生了兴趣。

"外貌很像曼切尔,两人简直像是孪生兄弟。"

"我打这个赌。"赫尔伯森爽快地应了下来。

"谢谢,对各位的恭维在下感激涕零,"此时曼切尔已微微有些倦意,他插上来问,"我可以凑一份吗?"

"不要赌我输,"赫尔伯森开玩笑说,"我不想赢你的钱。"

"好吧,"曼切尔爽快地答应,"我可以扮成尸体。"

其他人听了大笑起来。

这场对话引起的疯狂后果,我们已经看到了。

三

贾里特先生打算吹灭那根短得可怜的蜡烛以备不虞之需。他可能已经想到,或者下意识里觉得难熬的时光还在后头,一旦情形失控,留着这点烛火,至少还能壮壮胆缓解一下压力,起码,能看看时间也好。

于是,贾里特吹灭烛火,把蜡烛搁在脚边的地板上,然后舒舒服服地坐进扶手椅里。他靠着椅背,闭上眼睛,打算睡一觉,但他从未像现在这样清醒过。过了几分钟,便索性不睡了。可在这黑咕隆咚的夜里,又能做什么呢?假如在黑暗中摸索着活动一下,把自己磕着不说,还可能冒冒失失撞到那张桌子,有叨扰死人清梦之嫌。毕竟,死人已矣,我们活着的人可得尊重他们安息的权利,不宜再令他们受尘事的纠结烦扰了。贾里特差不多以为正是基于以上的种种考虑自己才坐在座位上不动的。正胡思乱想着,他觉得桌子那头窸窸窣窣发出些轻微的响动——什么声音？他说不上来，也不敢回头。——为什么，为什么要待在这黑乎乎的屋子里？他仔细听着——为什么一心想要离开呢？他越听越怕，感到一阵阵眩晕，双手不由紧紧地扣住椅子扶手。这时，他的耳边响起各种奇怪的鸣音，头胀得似要裂开。他觉得胸口处的衣服紧紧裹住他，令他喘不过气来。天啊！这是怎么啦，难道是因为害怕吗？贾里特感到有些不可思议。他试着深吸一口气，徐徐吐了出来，胸口还是闷得难受。接着，他又深吸了一口气，恶心感稍稍减轻了一些。黑暗中，他屏住呼吸，已经快要到窒息的地步。这种感觉是如此强烈，贾里特不由对自己的怯懦感到愤怒。他猛地站起来，一脚踢开椅子，大踏步走到屋子中央。无奈黑暗中走不了太远，他摸索着，沿着墙一步一步往前挪，走到墙角，他转过身，又沿着带窗的那堵墙往前走，快到墙角的时候，只听得"哐当"一声，他把书架踢翻了，清脆的声音把他吓了一跳。他有些恼怒："该死的，怎么会忘了还有这么个东西放在这呢！"他一边抱怨，一边摸索着走到壁炉跟前，嘟哝着要让一切好起来。

贾里特伏下身子，在地板上摸索着找蜡烛。找到之后，他迫不及待地将蜡烛点亮。长条桌上看不出有任何异样，书架倒在地板上，但此时他已忘了要把它扶正。贾里特手里拿着蜡烛四处照着，摇曳的烛光在房间里拖下长长的黑影。他大步穿过屋子走到门前，使出浑身力气对着门把手又拧又推，门纹丝不动，贾里特顿时觉得宽慰不少。这时他发现门后面还有个门闩，一不做二不休，他把门闩锁好，回到了座位上。他看看表，才九点半，于是有些慌乱地把表凑到了耳朵跟前。现在蜡烛已经明显地短了一截，于是贾里特吹灭烛火，把蜡烛搁在脚边的地板上。

这时，他仍然觉得不自在——房间的陈设、那具死尸、自己，一切都有些不对劲。"没什么可怕的，"他不停地宽慰自己，"太可笑了，可耻啊，不要表现得像个傻子似的吧。"但是勇气不是说有就有，也不是说需要有就会有。贾里特越是咒骂自己，就越觉得有可咒骂的理由，他列举的死人不会害人的五花八门的说辞每多一条，心中的恐惧就愈添一分。"天啊！"贾里特感到心力交瘁，忍不住叫喊起来，"天啊！我，骨子里没有一点迷信的思想，不相信世上存在鬼魂，即使是现在，也坚信灵魂不死一说不过是精神上的一种慰藉。难道就这样失掉赌注，失去荣誉、自尊、甚至理智，而这一切不过因为我们凿洞穴居的祖先，编造出死人会在夜间行走的胡言乱语，只因为……"贾里特说到这里，突然听到身后传来极轻极小的脚步声。这声音不徐不疾，一步一步，渐渐地向他靠近……

四

第二天一大早，天还没亮，赫尔伯森医生开着他的双门汽车，载着年轻朋友哈珀，缓缓行驶在北海滩区的街道上。

"年轻人，毕竟年少气盛，对你朋友的勇气和自制力还是深信不疑，是吗？"两人中年长的那个问他身边的年轻人，"仍然认为我会输，嗯？"

"你已经输了。"另一个人斩钉截铁地回答。

"好吧，以我的灵魂起誓，我希望如此。"医生表情严肃，有些急切地说了这么一句。两人都缄默不语。

"哈珀。"最后医生打破了沉默。街灯透过车窗照进来，昏暗的光线变换着照在医生的脸上，他看上去非常严肃，"我总觉得整件事情有些不妥。我本不该意气用事，可你朋友的态度着实可恼。我认为他的忍耐力并没有看上去那么强，但他摆出一副不屑一顾的嘴脸，而且还挑衅说那具尸体最好是一位医生的遗骸，换了谁都受不了。如果真出了事，我们都玩完，不过也算是罪有应得。"

"能出什么事？就算有，只要曼切尔再'活'过来就行了，他可以把事情解释清楚。当然，如果尸体是从太平间里拿来的真'货色'，或者是你新近死掉的患者，情况可能会不同。"

原来我们的曼切尔大夫果然言出必行，把自己扮成了尸体。

赫尔伯森医生默默开着车，许久都没有说话，一整晚，他已经在这路上兜转了两三遍了,突然他冒出一句:"好吧,但愿曼切尔能把戏一直演下去,如若不能,唯愿他处得谨慎一些,一不小心,事情会愈发不可收拾。"

"是啊,"哈珀附和着,"贾里特会杀了他。等等,医生。"趁车子经过一盏汽灯,哈珀瞅瞅手表,"快到四点了。"

过了一会儿,两人下了车,迈着轻快的步伐,朝那栋废弃的长形宅子走去。两人快要走近屋子的时候,迎面气呼呼地跑来一个人。"劳驾,"这个人突然停下来,大声问他们,"哪里能找到医生?"

"出什么事了?"赫尔伯森问。

"你们自己去看吧。"他边说边急急地跑起来。

两人加快了脚步,来到房子跟前,外面闹哄哄地聚集了不少人,大家一脸激动,匆匆地走进屋子。附近和对面居民的卧室窗户里探出一个个脑袋,大家都在打听消息,谁也听不清别人问了什么问题。有几个拉上窗帘的窗口里亮着灯,卧室主人正在匆匆地穿衣服准备下来。那栋老宅子的大门正好对着街灯,惨黄昏暗的灯光照着屋子,似乎也不忍照见不该照着的东西。哈珀脸色煞白,怔怔地站在门口,一只手抓住朋友的胳膊。"医生,我们都完了。"哈珀的精神几近崩溃,却还是故作镇定地说着俏皮话,"我们都吃瘪了。不要进去吧,我们还是离开好。"

"我是医生,他们可能需要我。"赫尔伯森大夫镇定地回答。他们登上台阶,准备进去。大门是开着的,对面的街灯照亮了里面的甬道,屋子里站满了人,有人跑到远远一头的楼梯上等着。二楼被封锁了,没有人可以上去看个究竟,大家都在七嘴八舌地议论,谁也没有心思去听。

突然楼上走廊里传来了一阵巨大的骚动,一名男子跳出房门,拼命挣脱试图按住他的警察,径直向楼梯上一大群惊慌失措的围观者冲去。他用力推开人群,有人被一巴掌打得紧贴着墙,有人被推到了楼梯扶手边。撞到他手边的,他恶狠狠地扼住对方的咽喉,一把拉过来一顿猛打,然后随手推到楼梯上,再从他们身上跨过去。他衣衫不整,没有戴帽子,整个人好像一头受了惊吓的野兽,眼睛里流露出来的疯狂迷乱的神情比他的神力更加可怕。

聚集在楼梯口的人群不像上面那么拥挤,大家纷纷给他让出一条道来。这时哈珀从人群中跳出来,大声叫着:"贾里特!贾里特!"赫尔伯森大夫一把抓住哈珀的衣服,硬生生地将他拽了回来。那名男子茫茫然地瞪着他们,然后飞快奔出房门,冲下楼梯,很快就消失在大街上。一个胖胖的警察吃力地追下楼梯,在他后面跑着。窗子后头人头攒动——女人和小孩尖叫着呐喊助威起来。

楼梯上的人差不多走了一大半。人们簇拥着冲到大街上,继续观看追捕的场面。赫尔伯森医生爬到二楼，哈珀跟在他后面。二楼走廊上有名警察守着门，不让他们进去。"我们是医生。"赫尔伯森解释道，于是警察放行了。房间的长条桌旁黑压压地站满了人，两人费了好大劲才挤到前面。他们透过最里面的人墙望去，只见桌子中央摆了一具用尸布裹着下半身的男尸。一名警察站在尸体脚边，手里撑着一只"牛眼"电筒。强烈的光束照在尸体身上，除了站在另一头的警官，房间里的人都站在阴影里。死者蜡黄的脸抽搐成一团，露出十分惊恐的表情。他的眼睛微微向上翻，嘴巴张得老大，唇边、两颊和下巴上残留有吐出来的白沫。一个高个头的医生正俯着身子验尸，他把手整个儿插进死者的衬衫，而后又抽回来，把两个手指塞进死者微微张开的嘴巴里。"死了大约有两个小时了。"医生作出诊断："死于心肌梗死。"说完，他从口袋里掏出一张名片递给警官，然后走到了房门口。

"开始清场——出去，都出去！"警官厉声呵斥着。好像变戏法似的，尸体一下子就不见了。只见这位警官挥舞着电筒，任由强烈的光束照到围观者的脸上，好一幅奇妙的景观啊！电筒的强光刺得人睁不开眼睛，大家浑浑噩噩，战战兢兢，一窝蜂似的拥向大门口，你推我搡，纷纷夺门仓皇出逃。这场面就像是一群黑夜游荡的精灵遭遇了架着战车举着弓箭的太阳神阿波罗。警官一边冷眼注视着惊慌失措的人流，一边毫不留情地用手电来回照着。赫尔伯森和哈珀也被人流裹挟着，卷出了房门,又随人流挤下楼梯,来到大街上。

"老天!我说过贾里特准会杀了他。医生,没错吧?"

"确实说过。"医生面无表情地回答。

他们默默地穿过一个又一个街区,那些倚山而建的房子渐渐消失在灰色的天穹里。街上开始响起熟悉的送奶车的声音,面包铺很快就要开门营业了,送报人也在整装待发。

"年轻人,"赫尔伯森说,"今天咱们平白无故吸了太多的冷空气,真不值。最好换个环境,我们去欧洲度假,怎么样?"

"什么时候?"

"我无所谓。今天下午四点不算太匆忙吧?"

"好,我在码头等你。"哈珀说。

五

七年后,纽约市曼迪逊广场,有两个人坐在公园的长凳上亲密地谈着话,两人都没有注意到有个男人已经观察他们很久了。他走过来,有礼貌地朝他们抬抬帽子,露出里面一撮雪白的头发。"先生们,打搅了,"他开口说,"如果你们复活时吓死了一个人,最好的办法是换上他的衣服,是不是?"

赫尔伯森和哈珀面面相觑,都是一副忍俊不禁的模样。"是啊,"

赫尔伯森和气地看着这个陌生人，客客气气地回答，"我会那样做的，这样处理再好不过了……"突然，他停了下来，脸色骇得像死人一般惨白，他张大嘴巴瞪着这个人，浑身抖筛箩似的摆个不停。

"哦……"这个陌生人阴阳怪气地叫着，"看出来了，医生，您身体有些不适。不过，即使您不能替自己看病，哈珀医生一定可以代劳。"

"该死的，你到底是谁？"哈珀咒骂了一句。

这个陌生人走近了一些，朝他们鞠了一躬，诡秘地凑上前说："有时我叫贾里特。不过，大家都是老朋友，不妨告诉你们，我是威廉·曼切尔医生。"这句话惊得两个人都跳了起来。"曼切尔！"两人不约而同地倒抽了一口凉气。

"老天爷，真是你！"赫尔伯森叫了起来。

"是啊。"陌生人无力地笑笑说，"千真万确，如假包换。"

他犹疑了一下，似乎竭力要回想起什么。接着，嘴里含含混混地哼起了小曲，显然已经忘了两人的存在了。

"听着，曼切尔，"两人中年长的一个问道，"告诉我们那天晚上的事情，关于贾里特的。"

"啊，贾里特的。"另一个迷迷糊糊地接过话茬，"我讲了不知多少遍的故事，怎么能不说给你们听呢。那天夜里，我听到他在那里自言自语，知道他准是吓得够呛，于是我装作死尸还魂，想捉弄他一下。

没别的，只是一个小玩笑，真的，我没想到他那么不经吓，没想到，真没想到。后来，天啊，和他换了个角色，那滋味——你们这些天杀的，把我锁在里面不能出去！"

最后这几个字几乎是咬牙切齿地喊出来的。听到他凄厉的哀号，两人都吓得朝后退了一步。

"我们？为什么要扯上我们。"赫尔伯森完全失去了自控，失态地喊起来。

"你们不是赫尔波恩医生和夏泼医生？"

"我叫赫尔伯森，这位先生的名字是哈珀。"赫尔伯森恢复了镇定，"我们早就不是医生了。我们是——该死的——我们靠打赌混饭吃。"

他没有撒谎。

"是吗？很合适的职业，又高尚又体面。对了，夏泼不至于会瞒下贾里特的赌资吧。赌金保管人，多么高尚而受人尊敬的工作。"他神色恍惚，一边走，一边絮絮叨叨地说着，"我还在干老本行。现在我是布鲁代尔精神病院的首席大医师，我的职责是替院长治病。"

邪恶的鬼魂

死亡带来的变化以前表现得并不充分。除了幽灵时隐时现，鬼魂附体（假托一具躯壳显形）之外，还会有百分之百的无灵魂的行尸走肉在飘荡。凡撞上它们并来得及张口说话的人们证实这些活动起来的尸首既没有感情，也没有仇恨。而那些活着的时候还是善良的鬼魂死后却变得异常邪恶。

——霍尔

漆黑的仲夏之夜，一位躺在森林中酣睡的男子猛然惊醒。他抬起头，注视着眼前的黑暗，很久之后，说了声"凯瑟琳·拉鲁"，而后一言不发。

他不知道自己的嘴里为什么会突然冒出这几个字。

这人就是霍尔平·弗雷泽。他过去住在圣·海伦娜，现在住在哪里就说不上了，因为他已经不在人间。一个在林中露宿，除了身下垫着的干树叶和湿泥巴、身上掉落的枯枝和高高在上的苍穹外一无所有的人，本来也没有指望有多高寿，何况霍尔平·弗雷泽已活了三十二个年头。这世上还有好些人，成千上万的人，一些千真万确的好人，会觉得这已经算是活得够长的了。那些人就是孩子。他们从出生的港口眺望自己的生命航程，任何一叶扁舟只要驶过一段相当的距离就仿佛和目的地相去不远了。然而，霍尔平·弗雷泽是否真的死于风餐露宿，这点还难以肯定。

整整一天，他都在纳帕谷西侧的小山丘上搜索，希望打到几只鸽子或者这个季节的什么小动物。傍晚时分，云团翻滚，他迷了路。虽然他可以只管往山下跑——这是到哪儿都适用的迷路后逃生的办法——但是荒山野草，路径罕至，他还没来得及走出树林，夜幕已经降临。因为无法在黑暗中继续穿越这片长满熊果树和其他灌木的茂密丛林，而且他早就筋疲力尽了，所以他躺倒在一株硕大的浆果鹃树下，开始了无梦的酣睡。这样过了几个小时，到了午夜，有位神秘的上帝使者，拖着黎明的曙光从成群结队的同伴中悄然转身滑向西方，在他熟睡的耳畔吐出这几个字，把他唤醒，他直起身，不知道为什么重复了一遍这名字，却不知道这是谁的名字。

霍尔平·弗雷泽算不上哲学家，也算不上科学家。因此，他深夜在森林酣睡中惊醒，并莫名其妙地喊出某个名字这件事并没有激起他的好奇之心，从而去调查其中原委。他只是觉得有点奇怪，不在意地打了个哆嗦，像是对夜幕下浓浓寒意的一种平淡反应。接着，他又躺下睡觉。不过，这回他开始做梦了。

他仿佛在漆黑的夏夜，走在一条泛着白光的泥路上。他不知这条路源自哪里，通向何方，也不知怎么会走在上面，反正一切都是那么简单和自然，正像梦里那样，因为在梦乡不会有令人惊讶的事，也无须做任何判断。不一会儿他来到了岔路口。毗邻公路的岔道空空荡荡，看样子早已人迹罕至。他猜想这条路将通向灾难，但还是毫不迟疑地跨了上去，像是有一种不可抗拒的东西在驱动他的双脚。

他在这条路上奋力地往前走着。渐渐地，他意识到路上有一种看不见的东西在活动。他说不清楚那东西是什么，只听见两边的森林里传来了不连贯的窃窃私语。那话音很特别，但他也能听懂一点，似乎是有关谋取他的肉体和灵魂的只言片语。

时至深夜，无边无际的森林中却亮起了微弱的白光。这神秘的光照既没有弥散，也没有投下任何阴影。眼前出现一洼猩红色积水，是下雨后车轮碾过形成的。他俯身把手伸进水里，手上竟然沾的是血！

他这才注意到四周都是血。路旁宽大的蒿草叶子上血迹斑斑。车辙之间的泥块上也是洒满了血滴,仿佛下了一场血雨。树干上染有一摊血迹,枝叶上鲜血如露珠般滴落。

他惶恐地注视着这一切,心中有似曾相识之感。在他看来,这一切像是在赎罪。他有种罪恶感,但又记不清所犯之罪,正是这种感受加深了他对自己所处危险而又神秘的境地的恐惧。他竭力回忆以往的生活,试图勾勒起当初罪恶的一幕,然而陈年旧事如过眼云烟,纷至沓来,层叠交错,令他无从辨认。由于一无所获,他的恐惧成倍增长。他觉得自己像是在黑暗中杀了人,但不知杀了谁,也不知为什么犯杀戒。那场面真是可怕——神秘慑人的幽光,散发着毒气的植物,注定要给人带来忧郁和厄运的古树,在他眼里无一不在谋夺他的安宁。还有头顶上方和身体四周清晰可辨的冥冥之物的耳语和叹息——他再也忍不住了,为打破那束缚他声音和手脚的符咒,他憋足劲大喊了一声!他的喊声化作无数陌生的颤音,相互碰撞、追逐着遁入树林,在深处消失殆尽。周围又恢复了先前的寂静,有所不同的是他开始了抗争并因此大受鼓舞。他说:

"我不会悄无声息地屈服。在这条充满诅咒的路上或许有不怀恶意的神祇。我将告诉他们并请求他们的援助。我将记下我所受的冤屈和迫害——我,一个无助的凡人,一个忏悔者,一个无罪的诗人!"霍尔平·弗雷泽只在忏悔时以及在梦里写诗。

他从衣兜里掏出一个留有一半备忘录的红皮笔记本,但发现没有带笔,便折了根短枝,蘸着那摊血水飞快地写起来。就在他快要落笔的时候,从遥远的地方传来一声低沉、狂野的大笑。笑声越来越响,越来越近,没有情感,没有心境,没有欢乐,如同白痴在子夜湖畔发出阴森的怪笑,一点点临近,一点点消失,仿佛那个该死的怪笑者已经退回尘世的边缘。可他觉得不是这样——那恶魔还在附近,依然没有行动。

一种异样的感觉慢慢地传遍他的躯体和大脑。他说不上那是什么感觉,思维又发生了什么变化。他只是感觉到,更像是通过一种神奇的直觉意识到,有种不可抗拒的东西存在。那是一种超自然的邪恶势力,而且比那群挤在他身边的隐形的东西强大。他知道那便是发出怪笑的恶魔。似乎恶魔正在向他走来,不知从哪个方向,他也不敢揣测。刚才所有的恐惧都被抛到脑后,或者说,汇成了更大的令他浑身上下毛骨悚然的惊骇。除了惊骇,他只有一个念头:接着写,向路过这片闹鬼森林的善良神祇求助,或许他届时能幸免一死。他迅速地写着,指间的短枝不用蘸便出血水,但后来有一句写到一半时他的手开始不听使唤,接着两臂垂落,笔记本掉地,身子不能动弹,嘴里也叫不出声。他发现自己正瞪眼看着自己的母亲,她身穿素色尸衣,静静地站着,五官清晰，目光呆滞！

霍尔平·弗雷泽年轻时和父母一道住在田纳西州的纳什维尔。他们家道殷实，在饱受了内战之苦的社会上拥有不错的地位。孩子们都能享受到彼时彼地所有的良好教育和社交机会，并因此变得知书达理，颇有修养。霍尔平在家里排行最小，长得也不够强壮，所以有点被宠坏。母亲的溺爱和父亲的忽略是他成长过程中的双重不利因素。他的父亲是从政的，这是南方几乎所有有钱人的工作。他的国家，或者更确切地说，他所在的地区和州县，需要他投入非常多的时间和精力，因而他的脑海里整天充斥着包括他本人在内的政治领袖的声音，无暇顾及自己的家人。

小霍尔平喜爱幻想，有点懒散和罗曼蒂克。他生来就沉湎于文学而不是法律。在承继祖先文学衣钵的所有家人中，无疑只有他能映出已故的、喜好对月吟诗的外曾祖迈伦·贝恩的影子——贝恩生前作诗能在整个殖民地一举成名，靠的正是这轮圆月带来的灵感。从表面上看，每个弗雷泽家族成员无不以拥有一本豪华版的祖先诗集为荣（该诗集由家庭自费出版，因销量不大早就不再有售），不然就算不上真正的家庭一员。奇怪的是，这些精神传人却对逝者缺乏足够的敬仰。霍尔平的无病呻吟遭到很多人的反对，他们认定他的诗会带来厄运，而且随时可能使家族蒙羞。田纳西州的弗雷泽家族是一类很讲实际的人。这种讲实际并非指通常意义的利欲熏心，而是指对干扰伟大政治工作怀有强烈的鄙视。

说句公道话，小霍尔平虽然极其忠实地继承了祖先的文学衣钵，再现了那位著名殖民地诗人的主要思想和道德特征，但这种天赋的传承完全是意料中的事。他不但从未刻意追求过诗兴诗意，而且事实上他还没能写出过一句经得住"智慧杀手们"攻击的诗行。话虽如此，可说不定哪天他们这种蛰伏的才能会苏醒过来，从而给诗人带来灭顶之灾。

另外，这位年轻人的个性还有点放荡不羁。他和他的母亲有着某种过分的相互慰藉，因为这位夫人暗中是已故迈伦·贝恩的虔诚崇拜者。虽说她凭着女性那种讨人喜欢的圆滑（有人诬蔑说这根本就是狡猾），总是很注意在人前掩饰这一弱点，但在同样有此不足的儿子面前却从不避讳，共同的愧疚使两人关系更加密切。如果说霍尔平幼时受到母亲专宠，那他也确实任其娇惯。待到他成年，变成一个对选举结果漠不关心的南方公民之后，他和他的美丽母亲之间的依恋——他从小叫她凯蒂——逐年加深，从而两人变得柔情缱绻。人类关系中占主导地位的性关系在这两个浪漫恣肆的人物身上以一种超脱的隐喻方式表现出来，使得原有的血亲关系更加巩固，更加缠绵，更加动人。两人几乎难舍难分，不明底细的人们单看他们的举止不止一次把他俩当成了情人。

一天，霍尔平·弗雷泽走进母亲的卧房，吻了她的前额，摆弄了她的发夹中散落出来的一绺黑发，然后尽量以平静的口吻说："我要到加利福尼亚去几星期，凯蒂，你会不会介意？"

几乎不用凯蒂开口，她的双颊早就做出了回答。显然，她非常介意，眼泪也毫不例外地从她的深褐色大眼睛里夺眶而出。

"噢，我的儿，"她抬头无限温柔地望着霍尔平说，"我早就知道会有这么一天。难道你没有听见我半夜醒来哭个不停吗？前半夜我梦见贝恩爷爷朝我走来。他站在自己的遗像边，还像当年那样年轻、英俊。只见他指着墙上挂的一幅照片，你的照片。我掉过头，却看不清你的脸，因为照片上的你蒙着块布，也即通常放在死人脸上的那种布。为此，你父亲还笑话我。但我和你，亲爱的，都明白这肯定不是空穴来风的事。我还看见布下方的脖子上有手掐的印记——原谅我，咱俩之间向来什么事都不隐瞒。对于这件事，也许你有另一种解释。也许这与你去加利福尼亚无关，或许你可以把我也带去？"

有一点必须承认，这种颇有创意的通过新近发现的证据来进行圆梦的方式并没有被相对理智的儿子完全接受。至少在当时，他确信这个梦预示着一场更单纯、更贴近的灾难，而不是指这次太平洋沿岸之行的结局。在霍尔平·弗雷泽的印象中，他是被勒死在家乡的。

"加利福尼亚有没有药疗泉？"弗雷泽夫人没有等他指出这个梦的真正含义就接着说，"我是指那种治疗风湿和神经痛的地方？喏，我的手指关节不灵活，还有，可以说，睡觉的时候手指总是特别疼。"

她伸出双手给霍尔平检查。诊断结果怎样，这位年轻人觉得不便直说。他只是报以莫名的微笑，但心里忍不住想，其实这双手的指关节灵活，少有疼痛迹象。大凡不熟悉情况的病人为了讨个处方才偶尔伸给医生检查。

于是，对人的职责有着同样看法的两个奇特的人，一个应客户利益所急去了加利福尼亚，另一个怀着一份她丈夫很少察觉的祝愿留在了家中。

一天深夜，霍尔平·弗雷泽沿着旧金山市的水边散步，一种令他吃惊和难堪的意外竟使他当上了水手。事实上他是迷迷糊糊地被人劫持到一艘豪华游轮上航行了一大段距离。他的不幸并没有因为船只到岸而结束，因为这艘游轮在南太平洋的一个小岛搁浅了，直到六年后一条敢于冒险的纵帆船从那个小岛经过，幸存者才被搭救回了旧金山。

虽然霍尔平皮夹里的钱已经所剩无几，但他在精神上并不比那个似乎已经很遥远的过去的自己失掉多少骄傲。他不愿接受任何陌生人的帮助。他一边和另一位幸存者住在圣·海伦娜附近等着家中的消息和钱款，一边上山打猎继续他的梦想。

这位梦想家在幽灵出没的森林中所遭遇的可怕恶鬼与他的母亲有几分相像又有几分不像！它没激起他心头的任何热爱和渴望，也没给他带来任何幸福的回忆——没有唤醒任何一种感情，所有美好的情感都已被恐惧吞噬。他试图从它面前转身逃走，但两腿像灌了铅似的挪不动步，双臂无力地垂放在两侧，只有眼睛还能听使唤，可他的视线却不敢从它的失神眼珠上移开，因为他清楚这不是离开了肉体的灵魂，而是这片闹鬼的森林中大量出没的最可怕的东西——离开了灵魂的肉体！它的空洞眼神里没有关爱，没有怜悯，没有智慧，因而他也无法得到怜悯。"乞求无济于事。"他想着，近乎笨拙地操起了这句俗语，结果如同用雪茄烟头的微弱亮光照射坟墓，变得更加阴森可怕。

　　时间缓慢地过去，似乎整个世界都因苍老和罪恶变得灰暗。这个闹鬼的森林在成功地营造出惊人的恐怖之后，渐渐从他的视觉和听觉中消失。而鬼影却近在咫尺，用野兽般的茫然、狠毒的目光注视着他，接着双手前伸猛扑过来！这一举止唤起了他的体能，但没能唤醒他的神志。他的思想仍像中了魔，但强壮的躯体和矫健的四肢仿佛被注入了一种无形的力量，不自觉地奋起反抗。刹那间，他似乎像一个旁观者那样看见了在梦幻的故事中才会有的超乎寻常的打斗，看到了一具智慧空壳和一台活着的机器之间的生死较量。随即他像是又跳回了自己的躯体，恢复了自我，那台全力以赴的机器一下子有了和对手一样凶猛的支配意志。

但是有哪个凡人能抵御梦中的怪兽？用来制造敌人的想象力已经不复存在，交战的结果就是交战的原因。任凭他挣扎，任凭他努力，一切看来都是徒劳无功。他感到对方冰冷的手指已经快要挨上自己的脖子。在向后倒地的时候，他在一掌之遥的上方看见了自己那张死一般扭曲的脸庞，然后周围一片漆黑。远处传来了声响，像是有人在击鼓，像是人群在叽叽喳喳，像是有人嚷叫让一切变得安静。霍尔平·弗雷泽梦见自己死了。

那个风平浪静的夜晚过后是个浓雾弥漫的早晨。大约前一天下午时分，一团云雾——也可以说浓重的大气，稀薄的云彩——开始出现在圣·海伦娜山的西侧，并沿着光秃秃的山脊向山顶缓缓飘移。它看上去是那么稀薄、那么轻盈，如梦幻显现，让人禁不住想说："快看！一会儿它就会不见的。"

片刻之后，那团云雾明显地增大变厚，一端连着山体，另一端绵延到山脚。与此同时，它还向北、向南扩散，汇聚了在同一高度不断涌出，形状有些奇特，有待融合的小团山雾。于是，它愈来愈浓，直至山顶彻底与山谷分离。山谷本身也是雾气盘绕，一片灰蒙。坐落在山谷口附近的凯力斯托加，那晚没见到星辰，早晨也没见到阳光。浓雾逐渐沉入谷底，向南吞没了一个又一个农庄，把九英里之外的圣·海伦娜也一起遮蔽。路上尘灰不扬，树上水珠滴答，小鸟静匿巢中，晨曦黯淡无光。

天刚破晓，有两个人就离开了圣·海伦娜，朝山谷北端的凯力斯托加走去。他们肩上扛着枪，但只要对此有点经验，人们就决不会把他们当成是进山打猎的。他们是纳帕的副检察官霍克和旧金山的侦探杰拉尔森，两人的工作是进山搜捕逃犯。

"那地方有多远？"霍克问。他们大步流星地走着，把地面的潮湿灰尘都扬了起来。

"你是问'白教堂'？再走半英里就到了。"杰拉尔森答道。"不过，"他接着说，"它看上去不白，也不像教堂。早先，它是幢白色的校舍，里面曾经举行过宗教仪式，年久失修成了灰色。此外，还有一块诗人看了会喜欢的墓地。你猜得出我为什么找你，还叫你带上武器？"

"喔，我从不拿这类事来烦自己。到时候你就会说的，但要我随便猜的话，你准是要我帮忙从坟堆运走一具尸体。"

"你还记得布兰斯康吗？"杰拉尔森问。他没有理睬同伴的俏皮话。

"不就是那个割老婆喉管的家伙吗？我该——为了他，我整整浪费了一星期，真是赔了不少老本。虽说赏钱有五百元，但我们谁都没见到他的踪影。莫非你发现……"

"是的。他一直都待在你们这帮人眼皮底下。晚上，他就睡在白教堂边的老坟地。"

"这个魔鬼！他老婆就葬在那儿。"

"不错，你们这帮人早就应该有理由怀疑到他可能哪天会溜到她的坟地。"

"万万没想到他会去那个地方。"

"在别处，你们都搜了个遍。我知道你们没搜到，就在这儿候着。"

"你发现他了？"

"该死！他发现了我。那恶棍弄得我措手不及——我经常扑空，东奔西跑。多亏了上帝，他最终没斗过我。咳，太狡猾了。我想你要缺钱的话，我拿一半赏金就够了。"

霍克扮了个鬼脸，说债主正逼得紧呢。

"我只把地方指给你看，与你商量个计划。"侦探杰拉尔森道，"我们还是带着枪好，哪怕是在白天。"

"那人想必是个疯子，"霍克说，"悬赏是为了抓住他治罪。他要是疯子，就治不了他的罪了。"

想到正义可能得不到伸张，这位副检察官不知不觉在半途收敛了脚步。然后他继续迈步，但少了许多热情。

"嗯，他看上去是有点不正常。"杰拉尔森赞同霍克的看法，"我敢说，从古至今的所有流浪汉中，还没有像他这样不刮脸、不剃头、不打扮、什么都不做的可怜虫。但我现在盯上了他,就不想放手。不管怎样,我们还是干了件了不起的事。此外再没有人知道他会躲在山这边。"

"好吧,"霍克说,"我们去那儿看看。"接着,他又添了一句以前人们喜欢刻在墓碑上的话:"你得在这歇会儿。""我是说万一你被老布兰斯康缠累了的话,就不必这样急着干。还有,不久前我听说'布兰斯康'不是他的真名。"

"那么他的真名是什么?"

"记不起来。我已经对这可怜虫没了兴趣,所以记不牢。好像叫帕迪什么的。那个被他粗暴地割了喉管的女人原是个寡妇,她是上加利福尼亚寻亲的。有时候一些人会那样做,这你都知道。"

"那是自然。"

"但不知道真名,怎么查找墓穴呢?那个把真名告诉我的人说,名字是刻在顶板上的。"

"我不知是哪个墓穴,"显然,杰拉尔森有点不情愿承认自己忽视了计划中这重要环节,"我一直在附近监视他的行动。我们今天上午的任务之一就是找出墓穴。那就是'白教堂'。"

前面走过的一大段路两边都是荒地,眼下左边出现了一片森林,有老栎树、浆果鹃树,还有一眼望不到顶的参天云杉,它们在雾气中显得格外阴森恐怖。不时,有茂密的低矮灌木丛挡路,但没有一处穿不过。有段时间霍克一点也看不见那栋建筑，可当他们转入树林，雾霭中浅灰色的房屋轮廓便呈现在眼前，它看上去高大而遥远。待到再走几步，到了它的面前，灰黑的湿墙清晰可辨，才发现房子并不大，是乡间最普通的校舍，箱形结构，石头打的地基，布满青苔的屋顶，还有早就不见了的玻璃和框架的窗洞。虽然它已废弃，可还不是废墟——国外旅游手册称之为典型的加利福尼亚式"遗址"。杰拉尔森几乎没朝它看一眼就向湿漉漉的灌木丛深处走去。

"我指给你看，他是在哪儿甩掉我的，"他说，"就在墓地这一带。"

灌木丛里墓穴七零八落，有三两成群的，也有单个的。它们的辨认主要凭借坟墓前后横七竖八地褪了色的墓碑、周围已经朽坏的尖桩，以及地面隆起的落满枯叶的丘包。有很多可怜人的遗体躺在没有任何标识的地方，撇下"一大圈伤心的朋友"，继而又被朋友们孤零零地留在这儿，只有这份比送葬者心中更持久的埋藏在泥土中的伤感陪伴着他们。那些路——要是曾经有路的话——已经很久没人走了。有些挺拔的树木得以在墓地里疯长，树根或树枝把围着墓地的尖桩挤到一旁。空气中弥漫着荒凉和腐臭，看来没有哪个地方比这儿更完全地属于那些被遗忘的死者。

两个人在树丛间摸索着向前。杰拉尔森带路，霍克紧跟其后。前面的勇夫突然停下，把猎枪端在胸前，低声发出警告，然后呆立在那儿，眼睛紧盯着面前的什么东西。他的同伴被枝叶挡着什么也看不见,也跟着端起枪准备对付意外。过了一会儿,杰拉尔森小心翼翼地移步上前,身后尾随着霍克。

只见硕大的云杉树下躺着一具男尸。他们静静地站立一旁,首先观察他的长相、姿势和衣着。这些细节最能直截了当地满足同情者的好奇心。

男尸仰面躺着,两腿分得很开。一臂向上,另一臂向外弯曲,有只手和脖子离得很近。两手紧紧攥着拳头。整个尸身呈现一副已经绝望但仍顽强抵抗的姿势。然而,他究竟在抵抗什么呢?

他的旁边放着猎枪和狩猎袋。透过袋上的网眼,还能看见所装的是死鸟的羽毛。周围布满了激烈打斗的痕迹。毒栎的嫩枝被折断,树叶被打落,树皮被擦破,由对打者的双脚踢飞的枯枝腐叶也在尸体腿边叠成了一堆,臀部有明显的人膝印记。

搏击的性质从死者的脖子和脸部一看便知。他的前胸和双手毫无血色,而脖子和脸部却是紫色——差不多发黑了。双肩抵靠在一个低矮的坟墩,头扭转到一个活人达不到的角度,瞳孔失神地向后瞪着一个与双脚相反的方向。嘴唇张开,里面满是泡沫,伸出的舌头肿胀发青。喉部严重挫伤,上面不光有指印,还有大手印,那是两只大手用力掐进肉里并在对方死后还久久不放造成的。胸膛、咽喉和脸面湿漉漉的,衣服被汗水浸透。大雾凝成的水滴把头发和胡子沾到一处。

所有这些，两人几乎一看就清楚了，谁也没多说话。然后霍克开口道："魔鬼！真够狠的。"

杰拉尔森警惕地在森林里巡查，他双手端着猎枪，子弹上膛，手指扣着扳机。

"只有疯子才干得出来。"他瞄着森林说，"这是布兰斯康……帕迪……干的。"

地上杂乱的树叶堆里有样半露的东西引起了霍克的注意，那是一本红皮笔记本。他捡起来翻看，只见里面不少空白页是用来记备忘录的，扉页上有"霍尔平·弗雷泽"的签名。接下来的几页写着血红色的诗句，字迹异常潦草，像是匆匆写就。霍克念了起来，他的同伴继续审视着这块阴暗狭小的天地，谛听着每根不堪重负的树枝上的水珠滑落声。

神秘的咒语带我去闹鬼的森林，
那儿闪着幽光却依旧阴暗，
落羽杉和香桃木枝叶交错，
结成邪恶的联盟并非偶然。

杨柳和紫杉凄婉地互诉衷肠，

只缘那蔓生脚下剧毒的龙葵和芸香,

还有蜡菊吊丧般蜷缩作一团,

荨麻令人作呕地疯长。

没有鸟雀的欢歌和蜜蜂的低吟,

没有微风轻拂叶面死一般的寂静,

树木之间污浊不堪的空气,

成了唯一呼吸着的生命。

昏暗中隐约听得鬼影在商议,

有关墓葬中无声的秘密,

树干上到处在滴血,

叶片在魔光中闪烁着血色的花意。

我呐喊! —— 可咒语不破,

它依然占据我心灵与意志,

无脑、无心、无望和孤独,

我与可怕的凶兆肉搏!

最后，那看不见的——

霍克不再念了，也再没什么可念。手稿在一行诗的一半中断了。

"好像是贝恩的诗。"杰拉尔森说，从某方面讲他还有点学问。他放松了警惕，站在那儿看着脚下的尸首。

"贝恩是谁？"霍克不经意地问。

"迈伦·贝恩，这家伙在建国初期名气可不小——那是在一百多年前的时候——写的东西都很沉闷。我有本他的诗集。这首不在里边，但肯定是漏收的。"

"这儿空气阴冷，"霍克说，"我们回去吧，还得到纳帕去找验尸官。"

杰拉尔森没说什么，开始往回走。他在经过死者肩靠着的略微有些隆起的泥地时，脚碰到了腐叶下面一块硬东西，于是将其踢了出来。那是一块倒地的顶板，可以勉强看出，上面刻着"凯瑟琳·拉鲁"几个字。

"拉鲁，拉鲁！"霍克叫道，一下子来了劲，"瞧，那才是布兰斯康的真名，他的真名不是帕迪。噢，我的上帝！我怎么全想起来了。那个被杀的女人姓弗雷泽！"

"这里边还真有点神秘，"侦探杰拉尔森说道，"我讨厌这类事情。"

浓雾中传来一声大笑。这笑声似乎来自远方，低沉、做作、冷漠，不啻荒漠中夜行的鬣狗发出的嚎叫。笑声渐渐由远至近，越来越响、清晰，越来越特别、恐怖，仿佛就要进入他们的狭窄视线内。笑声十分怪异、毫无人性、极其凶残，连两个追捕逃犯的勇夫都产生了一种难以名状的恐惧！他们没有触碰武器，也没想到过要使用武器，因为这种声音带来的可怕威胁不是任何武器能够对付的。如同笑声悄然升起一样，它又悄然退去，由近乎震耳欲聋的吼叫渐渐减弱为远去的音符，欢愉而刻板，最后彻底消失在无穷远的地方。

诊断死亡

"你们有些当医生的，喜欢戴上'科学人士'的头衔，但其实比我还要迷信。"霍弗说道，仿佛在回答一项已经提出的指控，"我承认，在你们当中，仅有极少数的人相信灵魂不灭，相信被你们毫无敬意地称作'鬼'的幽灵。而我呢，的的确确相信，活人有时可以在他并不存在的地方现身。由于他在那个地方居留过很久，或者说影响太强烈，周围的一切都留下了他的印记。真的，我确实知道一个人的个性能够影响周围的环境。长此以往，在另一个人的眼里就会浮现出他的身形。当然，这种影响环境的个性必须是恰当的个性，浮现他的身形的眼睛也必须是恰当的眼睛——比如说，我的。"

"不错，恰当的眼睛，能把感觉传送到不恰当的大脑。"弗雷利大夫笑着说。

"谢谢！你这话还算客气。人嘛，都喜欢挑对方中意的话说。"

"请原谅，刚才你说确实知道。这可是话中有话，对不对？你要是不嫌麻烦，不妨说说你是怎么知道的。"

"你们会把它叫作幻觉，"霍弗说道，"不过这并不重要。"接下来，他开始叙述自己的经历。

"你知道，去年夏天，我到一个名叫梅里迪安的小镇去度假。我原打算借宿在一个亲戚家，不巧这个亲戚生病了，所以我只得另觅住处。费了一番周折之后，我终于租下了一套空置的寓所。屋主是一个古怪的医生，名叫曼纳林。几年前，他离家外出，不知踪迹，连房屋代理人也不知道他的下落。这房子是他自己建的，他与一个老仆人在里面住了十年。他的病人本来就不多，没过几年连医生这个行当也放弃了。不仅如此，他还差不多与世隔绝，成了一个隐士。有个乡村医生，此人大概是唯一与曼纳林有过交往的人，他告诉我，曼纳林隐退后，致力于一系列非同寻常的研究。他将这些研究的成果写成了一本书，但没有获得同行专家的认同。事实上，那些人认为他的精神有些不正常。我没看过那本书，也想不起书名，但听说书中阐述了一个相当惊人的理论。曼纳林认为，许多人的死亡日期可以在他们健康时进行准确的预测。一般来说，预测的时间可以提前数月。最大期限，我想，不会超过十八个月。当地曾经传说他进行过数例死亡预测，或者按你们说的，死亡诊断，而且每个被预测的人都是在曼纳林向他的朋友告诫的日期内突然死去，没有任何明确的原因。不过,所有这些都与我要说的无关，权当医生的消遣资料罢了。

"寓所布置得与曼纳林居住时一模一样。这种环境，对于一个既非隐士又非学究的人来说，显得过于阴郁。我分明感染了它的特征，或者说，感染了它的前一个居住者的某些特征。因为我始终处在一种前所未有的忧郁状态。这种状态，我想，也并非孤独之故。要知道，在我自己的家里，本无仆人同住。我一贯喜欢这样独住，虽说不做什么研究，但沉溺于读书。反正，寓所里的那种效果是令人沮丧的，给人一种灾祸将至的感觉。尤其在曼纳林的书房里,这种感觉最强烈。然而，那间房子又最亮、最通风。曼纳林真人大小的画像就挂在书房显眼的位置。画像并无特殊之处，上面的曼纳林约五十岁，五官端正，头发铁灰色，脸庞修得很光滑，目光阴郁而冷峻。画面中有某种东西一直在吸引我的注意力。整个肖像如同鬼魂一样缠住了我，在我脑海里久久挥之不去。

"一天晚上，我拿着油灯经过书房去卧室——曼纳林的寓所还没有煤气灯。像往常一样，我在画像前停了下来。灯光下，画像似乎呈现出一种与从前不同的表情。这种表情难以名状，但令人恐惧。不过当时我没有感到不安，而是产生了兴趣。于是我把油灯从画面的一侧移到另一侧，观察光线变化带来的效果。正这样看着，我突然有种转身的冲动。回头时，我看见一个男人径直穿过房间向我走来。他的身子刚刚临近油灯，我就从灯光中看出，他正是曼纳林本人。此情此景，仿佛整幅画像在地面移动。

"'对不起，'我说，声音有点不悦，'我好像没有听见你敲门。'

"他在与我一臂之远的地方错身而过，并且抬起右手食指，做了个告诫的手势，然后一声不吭，出了房间。不过，我却像他来的时候那样无法看清他的离去。

"当然，无须我挑明，这就是你说的那种'幻觉'，而我则称为'幽灵'。那个书房仅有两扇门，一扇锁着，另一扇通往卧室，但卧室并无出口。我意识到这些时的感受在这里就不赘述了。

"毫无疑问，对你们来说，这似乎是一个极其普通的'鬼故事'，一个根据传统艺术大师创立的常规模式构筑的'鬼故事'。倘若情况果真如此，即便确有其事，我也用不着在这里赘述。事实是，曼纳林还活着。今天我在联邦大街和他碰过面，他在人群中从我身旁走过。"

霍弗讲完了自己的经历，两人相对无语。弗雷利大夫漫不经心地用手指敲打着桌子。

"今天他说了什么吗?"弗雷利大夫问,"你是不是从他说的任何话语中悟出他没死?"霍弗瞪大双眼,没有答话。

"也许他做了什么手势,表现出什么姿态?"弗雷利大夫继续说道,"像抬起一个食指,做个告诫动作什么的。他老是这样——这是他表示事情严重时的习惯——譬如,宣布诊断结论的时候。"

"是的,他做了个手势,就像他的幽灵在书房里那样做了个手势。不过,天哪,难道你认识他?"

霍弗显然变得紧张起来。

"我认识他,还读过他的书,将来每个医生都要读他的书。这本书是21世纪医学界最重要的贡献之一。是的,我认识他,三年前我给他看过病,现在他已经死了。"

霍弗倏地从椅子上站起,惊慌失措。他在房间里来回迈着大步,又走向自己的朋友,战战兢兢地问:"大夫,你对我有什么要说的吗?我是说你作为一个医生——"

"没有。霍弗,你是我所见过的最健康的人了。作为朋友,我劝你回家去。你的小提琴拉得那么好,拉几首轻松、活泼的曲子,忘掉这件该死的事情。"

第二天,人们发现霍弗死在他的房里,小提琴挨着脖子,琴弓搭在弦上,摊在面前的是肖邦的《葬礼进行曲》……

卡可索的永恒魂灵

"死亡的形式多种多样。一些人死后尸体仍保持完好，而另一些人一旦灵魂出窍，肉体也随之腐朽。按照上帝的旨意，人总要独自面对死亡，活着的人无法获知死后的情形，只能说某个人消失了或是去了另一个地方（不过，很多人声称曾目睹过死后的世界）。还有些人身体虽然健康，但精神早在几年前死去。现在已得到证实的说法是：有时精神随着身体一起消亡，过了一段时间，又会回到自己的骸骨旁。"

当我思索海利说的这些话（愿他灵魂安息），推敲句子含义时，不禁惶恐疑惑起来，身后是否真有些肉眼看不见的东西在游荡呢？就这样沉思着，我一直没有打量四周。直到一阵寒风刮过，才回过神来，惊奇地发现周围的一切竟是那么陌生——我站在一片荒芜的平原上，四周长满了又高又密的枯草。草在秋风中摇摆着，沙沙作响，似乎在暗示着什么神秘而又令人不安的事情。草丛中立着一些奇形怪状的灰黑色岩石，每块岩石之间都隔着一段距离，但它们之间似乎又存在着某种默契，正相互传递着可怕的信息，又好像正在昂着头等待着将要发生的变故。还有一些凋零的树木稀稀拉拉地长在平原上，营造出整个屏息期待的诡秘气氛。

太阳还没升起，但我想离日出已经不远了。这会儿，空气是阴冷而凛冽的，不过意识到这点完全是理智判断的结果，而非身体的感受，因为我一点冻馁的感觉都没有。头顶上铅灰色的乌云低低地笼罩着整个灰暗的平原，像一道咒语横挂在空中。所有这一切都给人压抑和邪恶的感觉，确切地说，像是凶兆或厄运的前奏。这儿没有鸟兽，甚至连昆虫都见不到一只。只有风，呻吟着从死树的枯枝中穿过，还有灰色的枯草，摇晃着弯向地面，像在倾诉压抑着的心事。除此之外，再没有别的声响或动静，偌大的地方死一般的沉寂。

草丛里藏着一些饱受日月侵蚀的石块。这些石块是用工具打制出来的，由于年代久远，已经断裂破损，上面还盖着一层厚厚的青苔，且被泥沙半埋在土里。石块或平躺，或倾斜成不同角度，没有一块是直立的。可以看出这些都是墓碑。而坟墓呢？无论是坟墩子还是土坑，都早已不复存在。岁月埋平了一切。散在地面上的还有些更大块的石头，这就是昔日豪华的坟墓以及华丽的纪念碑的所剩之物，曾经有过的挣扎仍然挽不回湮灭的命运。这个古老的遗址，曾经代表过虚荣、情感和忠诚，如今却如此的破落、污损，被世人所遗忘和抛弃。要是忘了身在何处，我真会以为自己发现的是个史前人类的坟地，而这一族人的名字恐怕也早已消失在历史的长河中。

很长一段时间，我沉浸在这些遐想里，没有考虑过自己活动的连续性，但很快便困惑起来。"我是怎么到这儿来的呢？"我沉思片刻，便想通了，但整件事很令人不安。事实上，到目前为止，我的所见所闻都因自己的想象而变得异常恐怖。我想起自己因为突发高烧而卧床不起，在我病得神志不清时一直嚷着要出去自由活动和呼吸新鲜空气（这是我清醒后家人告诉我的），但被扣押在床上。看来我已经逃离了家人的看护，跑出来了。但这儿是什么地方呢？我无法妄加猜测。有一点是肯定的，这儿离我居住的城市——著名的古城卡可索有相当远的一段距离。

这里人迹罕至，看不见炊烟，也听不见狗吠、牛叫，更别提孩子玩耍嬉戏的声音。只有这片阴沉沉的墓地。因为我头脑混混沌沌，所以这地方显得格外神秘和恐怖。我是不是又神志不清了？这次是不是回天乏术了？这一切会不会只是我病中的臆想？我大叫着妻儿的名字，一边伸出手去摸索他们，就这样在枯草和乱石堆里向前走着。

突然，背后有些响动，我转过身，正好看见一只山猫奔过来。我心想，如果这会儿病发，倒在这片荒地里，这头畜生就会扑到我的喉咙上咬死我。我只有先发制人向它扑过去，嘴里还发出威胁的吼叫声。但是山猫只是静静地从我身边一手宽的地方窜过去，消失在岩石后。

过了一会儿，不远处的小山坡上出现了个男人的头颅，他正从山坡的另一边爬上来。坡很缓，几乎与地面平行。不一会儿，他整个人都出来了，身后衬着灰色的云彩。只见他半裸着身子，裹着些兽皮，头发乱糟糟的，胡子参差不齐地拖了很长。他一手拿着弓箭，一手擎着火把，所到之处留下一道长长的黑烟。他小心翼翼地慢慢走着，生怕掉进杂草丛下的墓穴里。这个幽灵般的人物并没有吓倒我，不过确实让我吃了一惊。我绕过去想拦住他，等快要跟他面对面时，我用常用语跟他打了个招呼："愿上帝保佑您。"

他没有理睬我，更没有停下脚步。

但他突然用我听不懂的语言唱起歌来，调子非常原始。他边走边唱，很快就走远了。

这时，一只猫头鹰站在枯树枝上悲鸣起来，随即，远处传来它同伴的回应声。我抬起头，从云层的缝隙中看见了金牛座！这个晚上的一切似乎都在暗示着什么。山猫，拿着火把的人，还有猫头鹰，并且在绝对的黑暗里，我也能看见星星。我能看见，却不能被看见和听见，这到底是中了什么邪？

我在一条树根上坐下，想好好理顺整件事。毋庸置疑，我确实是疯了。但如果是这样的话，事情就更奇怪了，因为我并没有任何发烧生病的迹象，反而感到前所未有的振奋和精力充沛，好像精神和肉体都得到了升华，连感官都变得异常敏锐起来——周围的空气变得既沉重又缓慢，我甚至能听见寂静的声音。

我倚着的那条树根紧紧压着一块石板，石板的一边被另一条树根压着，这样石块的大部分都被遮住了，受不到风雨的侵蚀。尽管这样，由于年代悠久，石头还是被严重腐蚀了，边缘部分被磨得很光滑，尖角销蚀光了，表层则磨出一道道印痕，而且石粉也开始脱落——作为石头腐烂的见证，周围落了一层闪闪发光的云母粉。从这个墓碑的所在位置不难看出，这棵树实际上是从坟堆里长出来的，树根已将墓穴据为己有，并将墓碑也禁锢其中。

一阵风刮过，把石板表面上的枯枝败叶吹开，露出了雕刻在上面的花样字体。我弯下身去看上面的字，天哪！墓碑上竟刻着我名字的全称，以及我的出生日期和死亡日期！

我触电般地跳起来。就在这时，一束光水平照过来，把树的这一面照得通亮。太阳正从东方升起，发出玫瑰色绚烂的光。我站在太阳红色的圆盘和树之间，但是树干上竟没有我的影子！

日光中，一群恶狼对着初升的太阳嗥叫着。它们蹲坐在大大小小的山丘和古坟上，有成群结对的，有独坐一隅的，把我眼前这片一直延伸到天际的荒野占个半满。这会儿，我才明白过来，在我面前的正是著名古城卡可索的废墟。

霍桑伯·爱拉·罗伯丁就这样将自己的故事全部告诉了通灵人巴伊罗尔，而他早已过世了。

闹鬼的山谷

一

在乔·邓弗家以北半英里处有一条阴森的峡谷，从哈顿客栈通往麦克斯坎希尔的公路就经过那里。峡谷地势险要，环境诡异，里面似乎深藏着一个秘密，要在比较合适的时候向世人披露。我骑马路过此处总要看看峡谷两边的山石林木，猜测那个披露秘密的时刻是否已经来临。假如什么也没看到——我的确什么也没看到——也不会失望，因为我知道是由于某个特别的原因，峡谷才暂时保存这个秘密，而且我也没有权利质问这个原因是什么。不过我怀疑能够等到真相大白的那一天，正如怀疑乔·邓弗本人存在一样。他的宅地就在峡谷当中。

据说乔·邓弗曾着手在峡谷深处盖了一个小木屋，但不知何故他中途放弃了那个工程，而在此处建了一处阴阳两用的居所，一半用作乔氏公寓，一半开了个小酒馆。房子位于公路边，也即他的宅地的最边角。这一尽可能远离峡谷的选址似乎是为了表明他现在已经有了完全不同的想法。

这位乔·邓弗先生，或者说是"威士忌"——邻近熟悉他的人都这样叫他——在这个地方可是个大人物。他看上去四十岁左右，个子高大，浓密的头发乱蓬蓬的，脸上棱角分明，胳膊上条条肌肉疙瘩，双手粗糙如同一串监狱的钥匙。他举止粗俗，弯腰大步而行，似乎要冲到前面去撕碎什么。

乔·邓弗在当地之所以颇有"美名"，除了他的怪异外貌和举止，还在于根深蒂固的憎恨中国人的性格。有一次我看到他雷霆震怒，因为他雇佣的牧羊人竟然允许一个汗流浃背的中国游客用乔氏客厅前的马槽水解渴。对于他这种不合乎基督教教义的态度，我曾斗胆责问，而他却仅仅解释说在《新约》中根本没有提到过什么中国人，然后大步走开，冲着他的狗发脾气。这个细节，我想，那些文思泉涌的大作家恐怕也会忽略的。

几天后，我看到他独自一人在酒馆中饮酒，就小心翼翼地和他扯到这个话题。幸亏，和以往不同，他的言辞很温和，我松了一口气，感谢他的屈尊俯就。

"你们这些年轻的东部人啊,"他说,"真是把这个地方想得太好了,也不理解我们的所作所为。只有那些衣来伸手、饭来张口的人,才有闲情逸致对中国移民讲什么民主。像我,为了生存雇了许多亚洲苦力,可没工夫犯那个傻。"

这位可能一辈子都没干过一天正经活儿的长期消耗者,掀开一个中国烟草盒的盖子,用拇指和食指夹起一团干草状的烟丝。拿着这个就要发挥作用的强心剂,他恢复了自信,又接着开了口。

"你要是想听,我就告诉你吧。这些苦力是一伙贪婪的蝗虫,他们会吞噬这块幸福国土上的每一片绿叶。"说到这里,他将自己的强心剂装入烟斗,含混不清的吐字也重新变成情绪激昂的演讲。

"五年前,我在这个大牧场雇了个中国人。我说说他的情况,好让你明白事情的症结。那时我混得并不怎么样,整天喝威士忌,哼,比医生告诫的要多得多,根本不在乎作为一个爱国的美国公民所须承担的责任,所以我把那个异教徒领进家,让他替我烧饭。但自从我在麦克斯坎山皈依基督教,他们谈起让我竞选议员之后,我看到了光明。可是我以什么来证明我的忠心呢?如果我解雇那个苦力,别人还会雇佣他,而且不会像对待白人一样对待他。我该怎么办? 一个虔诚的基督徒该怎么办?尤其是像我这样刚入基督教,浑身上下都浸透着人类的友善和上帝的父爱之人。"

乔·邓弗停了下来，等我答话。他显得非常不满意，似乎是解决了一个棘手的问题却没有博取别人的赞赏一样。过了一会儿，乔·邓弗站起来，从柜台上拿了一整瓶威士忌，倒了一杯，一饮而尽，又开始讲他的故事。

"还有，他用处不大，什么活儿都不会干，却会摆架子。他非得按他的想法干活儿，根本不听我的话，固执的像头骡子，一条道走到底。在经过无数次争吵之后，我痛下决心干了件大事，他就不存在了。我真为我的勇气感到高兴。"

他说得眉飞色舞，大口卖弄他的酒量，却没有打动我。

"大约五年前，我曾着手建造一间圆木小屋，当然是在盖这座房子之前了。我将那房子盖在别处，让阿伟和一个叫约弗的小伙子去砍树。当然我并不希望阿伟能帮上多大的忙，他的脸就像六月的天，说变就变。他还有一双又大又黑的眼睛——在这片树林中，那双眼睛是最让人讨厌的东西。"

在对这一司空见惯的生理特征进行尖锐攻击的时候，他茫然看着酒馆和居室之间板壁上的小孔，似乎那就是中国人的一只眼睛。而眼睛的颜色和大小决定了那个中国人不能提供优质的服务。

"你们这些东部笨蛋，不相信那些人会干坏事。"突然间，他怒不可遏,语不成篇。"要知道,那个扎着小辫的蒙古白痴竟然绕着圈子砍树,就像土壤里专门啃咬小萝卜的毛虫。我耐着性子指出他的错误,并且示范了怎样从两侧砍才能让树完好无损地倒地。但是我一转身,就像这样……"他说着,叉腰转身背对着我,喝了几口酒,以此说明当时的情景。"我刚一转身,他又照着自己的方法砍树。当时就是这样,我看着他时……"乔·邓弗的眼睛躲躲闪闪,表情复杂难懂,"他就换成我教的法子砍树;我不看着他,他就……"乔·邓弗喝了一大口酒,"他就藐视我,不听我的话。我责备地看着他,他呢,就会装出一副老老实实的样子。"

尽管乔·邓弗竭力想让自己的话语仅流露出一种责备,但这种责备恰恰让任何一个没有戒心的人都会产生最可怕的恐惧,当然我也不例外。而且对于他冗长又无意义的陈述,我已经失去了兴趣,于是我站起来想离开。可是,还没等我站起来,他就转向柜台,只听到一声"所以",瓶中的酒已一饮而尽。

天哪,这是怎样一种咆哮!他居然有如此长久、强烈的愤恨。乔·邓弗发泄完自己的情感之后,摇摇晃晃地走到柜台后面,仿佛像退出炮筒的弹壳一样,一屁股倒在椅子上,脑袋似乎被板壁敲了一下,惊恐万状地斜眼看了看。我顺着他的视线看去,只见板壁上那个小孔居然变成了人的眼睛——一只又圆又黑的大眼睛。它木然地瞪着我,那种样子比天底下闪烁着最邪恶光芒的眼睛还要令人恐惧。我想当时自己肯定是用手捂住双目，不去看那恐怖的情景——如果那真是眼睛的话。就在这时，乔·邓弗的白人勤杂工走进屋子，打破了这一幻觉。我战战兢兢地走出屋子，生怕那个疯子会将疯病传染给我。我的马拴在水槽旁边，于是我解开缰绳，骑上马背，脑子乱成一团，根本没注意马儿朝哪个方向走。

对于这一切，我不知道该想什么。正如每一个不知道要想什么的人一样，我想了很多，全是胡思乱想。翌日，总算有一个想法让我满意，那就是我离乔氏公馆已经有几英里了，而且极有可能再也不会回到那个地方。

突然，一阵凉气袭来，将我从沉思中惊醒。我猛一抬头，才发现自己已经进入了幽深的峡谷。天气闷热，从太阳晒得几乎冒烟的发烫土地走进雪松刺鼻、小鸟鸣叫的清凉之地，令我为之一振。像往常一样，我又开始寻找那个秘密，但峡谷依旧没有诉说的情绪。于是，我下了马，将汗水淋漓的马儿牵进低矮的树丛，把它牢牢拴在一棵树上，然后坐在岩石上深思。

我鼓起勇气，分析自己为何对此怀有如此强烈的恐惧。像作战一样，我将有关峡谷的各种猜测在大脑中排成步兵和骑兵，然后调动所有的逻辑大军，用铁一般的前提得出必然的结论。理智的战车在呼啸，在呐喊。终于，思维的炮弹摧毁了所有的反面因素，以近乎神奇的速度在纯推测的地平线上咆哮着远去。这时，散布在后方的各路敌军，无声无息地排成一个坚固的方阵，抓住了我，没收了我的辎重。一种难以言状的恐惧笼罩住了我。于是我站起来摆脱它，沿着一条古老的小径步入峡谷。小径杂草丛生，犹如小溪一般蜿蜒曲折，似乎弥补了大自然没有提供小溪的缺憾。

那些散落在小径周围的都是些寻常树木，虽说有些细枝疯长，枝桠怪异，但总体上没有诡谲之处。有几块大石头已经脱离了峡谷这个大家庭，在谷底建立了独立王国，东一块西一块地横在小径上，但它们沉睡的模样丝毫不能体现死亡的寂静。不过，山谷中确实有一种停尸房里常有的沉寂，还有弥漫在峡谷上空的神秘回音，那是风在舞弄树梢——这就是峡谷里的一切。

一开始，我并没有将乔·邓弗的酒中之言和正在寻找的秘密连在一起。只是当我步入一片开阔地，被一些细小的树干绊倒时，才有这个意外发现。显然这儿就是那个被弃的圆木小屋的遗址。接下来我的观察更加证实自己的判断。一些腐烂的树墩四周有斧头砍伐的痕迹，这根本不像是寻常伐木工人所为。而另外一些树墩是从一边砍下去的，被放倒的树干较粗的那端有斧子砍成的楔形表面。

那片开阔地约三十步见方，一边有座小山——那是个自然形成的小丘，上面没有灌木，只是长满野草，草中有一物突出，细看竟然是块墓碑。

我记不得当时发现那个孤独的坟墓时的心情，只觉得心中惊讶不已，那种吃惊，不啻当年哥伦布看到新大陆的山脉和岬角。我悠闲地看完四周才向它走去。现在，我很后悔在那个不平常的时刻还能怀着不必要的细心谨慎，装模作样地到处看风景。终于，我获得了要寻找的秘密。

坟墓看上去很矮。尽管随着岁月的流逝和荒野中的风吹雨打，它已遭到损坏，但一直在良好的修复之中。当我看到坟前有刚浇灌过的一小簇鲜花时，确实瞪大了眼睛。墓碑显然是用门前石阶做的。正面刻着——更确切地说是凿出——几行碑文。碑文内容如下：

阿伟——中国人。

年龄不详，曾为乔·邓弗工作。

立此碑以永远纪念这位中国人。

他是个好家伙。

看到这篇不同寻常的碑文，我怎么也不能表达出内心的震惊。碑文对于死者身份既简洁又详尽的描述、赤裸裸的诅咒、荒谬的性别称谓和愤恨,一切都表明刻碑者至少是个丧失理智和孤寂幽居的人。我想任何进一步的发现都会让人扫兴,毫无意义,而我无意于戏剧性的结尾,于是断然转身离去。四年来我再没光顾那个地方。

二

"喂,法德、达德老弟,快跑!"

这句独特的吆喝出自一位赶牛车的奇怪小个子先生之口。他坐在牛车高高的柴草堆上,两位牛老弟毫不费劲地拉着车却装出一副很吃力的样子。显然,这种表演丝毫没有引起它们的主人老爷的同情,因为我站在路边时那位先生一直紧紧盯着我的脸。我不知道此人是在和我打招呼还是在和牛聊天,也不知道两位牛老弟是不是分别叫作法德和达德,或者他是不是在催促我和牛老弟都快点向前。反正,他的命令对我们双方都不起作用。那个奇怪的小个子先生朝我看了好一阵子,然后才扬起一根长长的皮鞭,以平缓而又亲切的口吻对两头牛说:"看我不抽烂你的皮。"那两头牛还是不紧不慢,似乎怕弄坏了身上的真皮轭套。我看到那个先生对我搭车的要求不屑一顾而我又渐渐地落在车后,便一只脚踩上了后轮的内侧。车轮转动,我的身子也慢慢跟着升高。终于我爬上了车,没和小个子先生打招呼就爬到他的身旁坐了下来。而此时他还在整治他的牛,将其胡乱训了一通,中间还夹着"加油,两个笨蛋"之类的话。然后,这支牛部队的主人(或者是前主人,我怎么也压不下这个古怪的念头,也许这个猜测是对我稍通法律知识的奖励)用那双又大又黑的眼睛打量着我,可怕的眼神既陌生又熟悉。只见他放下长皮鞭——鞭子并没有像我心中期待的那样开花或变成毒蛇,他抱着膀子,一本正经地问道:"你是不是喜欢喝威士忌?"

我本能地想说自己喜欢喝那玩意儿,但感到他的问话中隐含着一个深藏已久的大秘密,而且感到这个人不欢迎空洞的玩笑,加上自己又没准备好其他的答词,所以就打住了舌头。我觉着自己像是犯了罪,而沉默则表示自己对此罪行供认不讳。

这时一阵清凉的阴影罩住了我的脸颊,我不由抬头一望,发现牛车已经滚入了峡谷!我无法描述自己再次看到峡谷的心情。自从四年前峡谷向我表白心迹之后我再也没有与它见面。此时我的感觉如同一个朋友向我悲伤地吐露了一段尘封已久的犯罪事实,而我却卑鄙地弃他而去。关于乔·邓弗的陈旧记忆,他所陈述的只言片语,墓碑上令人难受的碑文,这一切都特别清晰地扑面而来。我想知道现在乔·邓弗怎样了,而且……于是我猛地转过身审问身边的囚犯,而那个高傲的犯人只是专心地看着自己的牛,连眼皮都没眨一下,嘴里说:"快走,老乌龟!他躺在阿伟旁边,就在峡谷深处,想看看吗?他们总去那个地方。你这个家伙,让我等得好苦啊!吁——"

最后那个"吁"字刚一出口，被斥为老乌龟的法德和达德猛地止住脚步。没等主人的话音在峡谷中消失，它们已经收起四蹄，趴在尘土飞扬的小路上了。这时，它们丝毫不怕弄坏自己的皮轭套。那个奇怪的小个子先生从高高的柴草堆上滑下车，走向峡谷深处。他并没有回头看我是不是跟着他，但我尾随着他前进。

四年前我大约是在同一季节，同一时辰进入峡谷。木坚鸟一如既往地大声歌唱，树木也同先前一样低声私语。不知为何，听着熟悉的鸟鸣林叫，我从乔·邓弗不加隐瞒的自吹自擂以及神秘无声的举止当中，从他唯一的文学作品——碑文——的严厉与温和并存的矛盾当中，悟出了某种奇妙的相通。峡谷中的一切都似乎没有改变，除了那条小径，此时它几乎是野草遍布，荆棘丛生。然而，当我们走进当年的"开阔地"，却发现变化惊人。在残留的树干和树墩中间，"中国"和"美国"两种方式伐木的区别已不可辨，似乎旧世界的野蛮和新世界的文明因为同样衰落而相互妥协——这也正是文明之路的结局。小丘似的坟堆还在，只是低微的荆棘已经消灭了弱质小草，占领了地盘，而贵族大哥园栽紫罗兰已向平民小弟举手投降——也许紫罗兰只是返璞归真，自己变回小草了。另一座坟墓——一个高大、紧实的小土堆——立在先前的坟墓旁。相比之下，第一座坟墓似乎缩小了，旧墓碑在新墓碑的阴影笼罩之下显得凋敝消沉。树叶和泥土覆盖其上，那篇绝妙的碑文已经模糊不清。从文学的角度看，新碑文逊色于旧碑文。它简单无味，粗野滑稽，让人难受。碑文是这样写的：

乔·邓弗，完蛋啦！

我漠不关心地走开，到了那个异教徒的坟前。接着，我扒开碑上的树叶。久被忽视的嘲笑死者的碑文显露出来，似乎有着某种悲怆。我的向导看碑文时，也在脸上增加了一点严肃。不过，他发现我在看，又变回原样，眼里闪着鬼一般的精明和敏锐。那眼光越看越熟悉，让人讨厌却忍不住要看。我决心尽我所能揭开谜底，于是我指着那个较小的坟墓，说道："喂，朋友，是乔·邓弗谋杀了那个中国人吗？"

他倚靠在树干上，凝视开阔地那端的森林，凝视森林上方的蓝色天空。他既没有垂眼看我，也没有改变原有的姿势，嘴里慢条斯理地说道："不，先生，他不是谋杀，而是正当杀人。"

"这么说他的确杀了他了？"

"杀了他？当然是的。这事不是人人都知道吗？他不是在验尸官和陪审团面前承认是自己干的吗？他们不是根据白色人种心中运行的一整套基督教情感准则得出'苏醒即死亡'的裁决吗？麦克斯坎希尔教会不是为此拒绝承认'威士忌'是基督徒吗？那些至高无上的人不是推举他任地方治安官以报复那些自以为独得基督教真谛的人吗？我真不明白你在说些什么。"

"不过，乔·邓弗杀死那个中国人是因为他没有或不愿意像白人那样伐木。我说得对吗？"

"当然如此——案卷里是这么记录的。有了这个理由，杀人就再合法不过了嘛。我知道得再多，也不能改变法定的事实。死的不是我，又没让我去说明真相。其实真相就是，'威士忌'在吃我的醋。"可怜小个子先生的怒火像火鸡一样迅速膨胀。他装模作样地整了整假想中的领结，又看了看手掌，然后将双掌举到眼前，似乎手掌还兼有镜子的功能，要对着照一照自己的尊容。

"吃你的醋？"我再也顾不得礼貌，吃惊地重复道。

"对，我是这么说的。不对吗？难道我长得不英俊？"

他摆出一副自嘲的优雅神态，这种神态他肯定煞费苦心地研究过好多遍才决定采用。他又使劲拉了拉那已经磨破的马甲上的褶皱，然后突然压低嗓音，无比甜蜜地说道：

"'威士忌'对那个中国人日思夜想，只有我才知道他是何等的溺爱他，一会儿看不到他都受不了，他就是他的命根子。一天，他来到这片开阔地，看到阿伟和我都在怠工——中国人在睡觉，而我正从他的袖子里揪出一只毒蜘蛛。于是'威士忌'受不了，拾起我的斧子就朝我扔了过来。他扔得又狠又准！我恰好跳开了，因为毒蜘蛛咬了我一口，而阿伟则受到重创，在地上没命地翻滚。'威士忌'又拿起斧子，朝我扔来。这时，他看到毒蜘蛛在我的手指上快速爬动，才意识到自己干了多傻的事。他丢掉斧子，在阿伟身边跪下来，阿伟无力地踢了他最后一下，睁开双眼——他的眼睛和我的一模一样——伸手搂住'威士忌'丑陋的大脑袋。他就那样搂着，而'威士忌'也一动不动。不久，阿伟全身一阵哆嗦，呻吟了一声。然后，一切都完了。"

那个小个子先生述说这段经历的时候，像是变了一个人。他身上的滑稽可笑，或者说挖苦嘲弄，都远离了他。他描述的奇特画面使我久久心绪难平。这位天才演员的表演是如此之好，深深打动了我，以至于我将因他的天才表演而引发的同情都给了他本人。我走上前抓住他的手，他的脸上蓦地闪过一丝苦笑。只听他讥讽地笑了一声，继续说道：

"'威士忌'终于抬起他那颗大脑袋，显得十分狼狈。他身上的好衣服——那时候他穿得很像样子——到处都被撕破了。头发乱糟糟的，而他的脸，比茉莉还白。他看了我一眼，又转过头去，好像我不存在一样。那时我感到被咬过的手指传来一阵钻心的疼痛，接着就什么也不知道了。这就是为什么陪审团没有让我出庭的原因。"

"但是你事后为什么不说出真相？"我问道。

"有什么好说？"他答道。然后，无论我怎么追问，他一个字也不肯说。

"在这之后，'威士忌'沉溺于酗酒，更加讨厌厨师。我想，他杀了阿伟后再也没有真正高兴过，而且我们单独在一起时，那家伙从不谈论这事。他有一双该死的顺风耳，和你一样。他立起那个石碑，根据他的矛盾感情刻写了碑文。这活儿，他整整干了三个星期。他是边喝酒边刻写的。后来，我也给他刻了碑文。"

"乔·邓弗是什么时候死的？"我心不在焉地问，他的回答却吓了我一跳。

"就在我透过板壁的小孔窥视他之后不久。那时，你在他的威士忌中加了点东西。你这个该死的家伙！"

这个莫须有的指控简直让我不知所措。当稍稍恢复理智之后，我几乎想冲上去掐断这个无耻家伙的喉咙。但是，倏忽间，一种负罪感阻止了我。我相信这是来自神的默示。于是，我极为严肃地盯着他，以尽可能平静的口吻问："你是什么时候发疯的？"

"九年前！"他尖声叫道，同时猛挥双拳，"九年前，那个大混蛋杀了那个爱他比爱我还要深的女人！是我跟着她从旧金山来到这儿。'威士忌'在旧金山玩纸牌时把她赢到手——当那个恶棍主人羞于承认不把她当白人对待时，是我守护了她多年！是我为了她的缘故，保守这个秘密，直到死神夺去了他的生命！是我在你毒死那个野兽时满足了他的最后要求，将他埋在她的墓边，还给他立了块墓碑！从此以后，我再也没来看过'威士忌'的坟，直到今天我来看她，因为我不想在这儿碰到那家伙。"

"碰到他？不会吧，可怜的人，他死了！"

"这就是我怕他的原因。"

我随着那个可怜的小个子先生回到马车旁边时，夜幕已经降临。我和他握手告别后，站在路边，望着浓重夜色中渐渐远去的马车的模糊轮廓。晚风中传来一种声音，像是一串充满力量的重击，接着传来一声呐喊：

"喂，快跑！你们这些该死的天竺葵。"

犬魂

一位医生在和病人谈话。

那位病人说道:"大夫,虽然你是我请来的,但也许治不好我的病。我想我的精神有点不正常,你能不能推荐一位精神病方面的专家。"

医生说:"你看起来很正常。"

"那你得听一听才能下结论——我经常产生幻觉。每天夜里我都会从梦中惊醒。我看见在自己的屋子里站着一只前爪是白色的纽芬兰大黑狗。它的眼珠一动不动,死死地盯着我。"

"你是说醒着的时候看到一只狗。真是这样?'幻觉'有时仅仅是做的梦。"

"千真万确,我的确是醒着的。有时我静静地躺在床上,长时间地看着那只狗,狗也这样看着我——我总是亮着灯,等到再也无法忍受时就从床上坐起来——屋子里却什么也没有了!"

"哦?那只狗的表情怎样?"

"依我看,那只狗的表情阴森可怕。当然我知道,除了在艺术作品中,静静卧躺的动物总是让人毛骨悚然,但这只狗并非真正的动物。要知道,纽芬兰狗的样子很温柔。难道我幻觉中的这只狗还会有什么邪恶之举?"

"我的诊断不会有用,真的,我对付不了狗。"

医生说完这句话,笑了起来,但他透过眼角密切地注视着自己的病人。过了一会儿,他说:"弗雷明,你描述的狗的模样很像已故的艾特威尔·巴顿养的狗。"

听到这句话,弗雷明一下子从椅子上跳起来,但顷刻,他又坐了下去,与此同时,煞费苦心地装出一副满不在乎的样子。他说:"我记得巴顿……我相信他是……他的死有什么可疑之处吗?"

医生直勾勾地盯着弗雷明的眼睛。他说:"记得吗,三年前,人们在你们两家之间的树林里找到了你的宿敌——巴顿——的尸体。他是被人用刀捅死的。不过,警察局没有抓到凶手,也没有找到任何证据。几个医生均有自己的'推测',我也有我的'推测'。你呢,弗雷明?"

"我，不，不，当然没有'推测'。我能'推测'什么？要知道，案子发生后，我就差不多动身去欧洲了，而且在那儿待了相当长的时间。你不可能指望我在刚刚回来的几周内就对案子有什么'推测'。事实上，我根本没有思考这个案子。对了，他的狗怎么了？"

"巴顿的狗首先发现了他的尸体。后来这只狗厮守在主人坟前不肯离去，直到饿死。"

我们并不了解偶然之中有必然的自然法则。精神萎靡的弗雷明也不了解，要不然，当他从敞开的窗户外面听到夜风送来远方狗的悲凉吠叫时，就不会吓得一下子从床上跳起来。只见弗雷明大步走了几个来回，而医生则紧紧地盯着他。突然，弗雷明冲到医生面前，几乎是喊着说道："你说的这些与我的病有什么关系？大夫，别忘了我为什么找你来！"

然而，医生却站了起来，手搭住病人的胳膊，温和地说："对不起，我不能随便给你下结论——也许明天就可以了。去睡吧，别锁门，我将凭借你的书度过这漫漫长夜。你能在床上叫我吗？"

"能，床边有电铃。"

"好极了。如果有什么东西打扰你，直接按铃就可以了。"

接下来，医生舒舒服服地坐在扶手椅中，凝视着燃烧着的炉火，陷入长时间的沉思。不过，显而易见，他毫无目的。只见他不时站起来走往连接楼梯的门旁,打开门,侧耳倾听,然后又坐了回去。不久,他就睡着了。等到他醒来,已经是午夜。他起身搅了搅快要熄灭的炉火,从身边的桌子上拿起一本书,看了看书名,这是戴尼克尔著的《沉思录》。于是,他随意翻开书,看到这样一段话:

上帝造人之初已规定人之肉体中驻有灵魂,故肉体伴有精神力量。即使人死后灵魂独立出窍,亦还存有肉体之力量,因为很多幽灵有暴力之行为。据说不仅人之幽灵如此,动物之魂如有邪恶之诱因,也会——

正在这时,房子的震动打断了医生的阅读,听起来似乎是重物落地的声音。医生将书推到一边,冲出门去,爬上通向弗雷明卧室的楼梯。他推了推门,但门是锁着的,于是医生用肩膀将门撞开。只见床上一片零乱,弗雷明身着睡衣卧于床边的地板,已经奄奄一息。

医生抬起垂死之人的头,看见咽喉处有一伤口。"我早就应该想到这一点。"他说道,相信弗雷明是自杀。

弗雷明死后,验尸官查出他的喉咙静脉有动物噬咬的齿痕,而且经过反复验证,确凿无疑。

但是弗雷明的卧室里根本就没有什么动物。

行尸游荡

一

夏夜，低矮的山丘上，一个人站在那里俯视辽阔的原野和森林。依据西边天空低低悬着的一轮圆月，他知道了以其他方式不可能知道的一个事实：天快要亮了。地面升起了薄雾，陆地上较低的景物半隐在轻纱之中。然而，映着清晰的天空，那些高大的树木倒显得轮廓分明。雾气中隐约可见一两处农舍，只是屋内还没有亮起灯光。确实，眼前没有任何生命存在的迹象，除了远方不时传来的几声单调的狗吠。然而这些狗吠非但没有驱散寂静，反而让偌大一片土地显得更加荒凉、沉寂。

此人好奇地看着四周，似乎是身处自己熟悉的环境，却不知身为何物、身居何地。也许我们大家死后，都会和他一样，灵魂出窍，对自己一无所知，只能等待上天的审判。

一百码外有条笔直的小路，月光下小路晶莹如白玉带。他缓缓地极目四望，努力辨认自己所处的位置，如同测量员或领航员在辨认方位。往南四分之一英里处，可以隐约看见一队灰蒙蒙的骑兵正穿过薄雾向北驶来。随后是一队队缓慢行走的步兵。他们无声无息地行军，肩上斜背着的步枪微微发亮。这些骑兵和步兵一队接着一队、绵延不断地走进他的视线，路过他的瞭望台，又继续往北走。接踵而来的是炮兵，炮兵骑着马，折叠起来的武器放在前车和弹药箱上。连绵不绝的军队从昏暗的南方而来，朝着昏暗的北方而去，没有人声，没有马蹄声，也没有车轮声。

他无法理解这次大行军为何没有一点声音，心想自己的耳朵是不是聋了。倘若如此，他却听得见自己的声音。不过，声音听起来非常陌生，既不悦耳也不响亮，让他的耳朵大失所望。他吃了一惊，不过，好在自己没有变成个聋子，这在目前而言就足够了。

他想起一种被称为"声影区"的自然现象。假如一个人恰好站在声影区，又恰好面向某一方向，那么他什么也听不见。盖恩斯磨坊之战是南北战争中最残酷的战役之一。在这次战役中，数百支枪齐发，虽说离此地一英里半的奇切赫美尼山谷的观望者看得一清二楚,却什么也听不见;皇家港的持续炮轰,往南一百五十英里的圣奥古斯丁不但能听见,而且有震感,但在皇家港以北两英里的地方却感到一片沉寂;而在阿泼马托克斯投降仪式举行前的几天,发生在谢立丹和皮克特两军司令部之间驻地的一场战斗可谓炮声震天响,可一英里之外的皮克特后尾部队的指挥官却毫不知情。

上面列举的事例,此人并不知晓,但他所亲临的性质相同而不那么辉煌的事,他注意到了。他极其担心,不过这种担心并非是月光下神秘、悄然的行军,而是别的缘故。

"上帝呀,"他自言自语道。同上次一样,他的声音听起来似乎是另外一个人在替他说出内心的想法,"如果我没猜错的话,我军战败,正向耐什威尔进发。"

然后,他想到了自我——这是一种顿悟,一种强烈的个人安危意识,如同另一个世界所说的恐惧。他快步走到一片树荫下,那静悄悄的月下行军仍在雾气中缓慢地前进。

忽地一阵微风吹在他的颈后,给他带来冷飕飕的感觉。他看了看起风的方向,接着面向东方。只见地平线上出现一丝朦胧的白光,那是白天的第一线光明,这又增加了他的恐惧。

"我必须离开这里。"他想,"要不,他们发现了我,就会把我带走。"

于是，他走出树荫，快步向渐渐发白的东方奔去。他来到一片雪松下，站在雪松为他营造的较为安全的庇护所，然后向身后观看。月光下苍白笔直的小路看上去空旷荒凉，但整个行军的骑兵、步兵、炮兵已荡然无存。

　　此时的惶惑已经变成无比的震惊。如此缓慢行走的军队怎么顷刻就不见了呢！他冥思苦想。时间一分一秒地过去，他急切地想揭开这个谜。时间观念已经消失了，然而徒劳无功。终于，他停止茫然无益的思索。山顶上金色的太阳已清晰可见，然而他只能看到太阳的光明，心中依然漆黑，谜团依旧没有解开。

　　周围是大片大片的农田，看不出那里曾经是战场，战争的痕迹荡然无存。农舍的烟囱升起了袅袅炊烟，农夫开始为一天平和的劳作做准备。一个黑人正在悠闲自得地给几只骡子套上犁。他的看家狗完成了亘古不变的守夜任务之后，也加入了这一行列。我们的故事主人公怯生生地注视这一派田园风光，仿佛极其陌生。他用手拢了拢头发，然后把手抽了回来，仔细观察手掌的纹路——一个异乎寻常的举动。显然，这一举动增加了他的信心，于是他充满自信地朝那条小路走去。

二

　　家住默弗里波罗的斯蒂林·梅尔森医生，到六七英里外的耐什威尔路给病人看病。按照当地医生行医的风俗,他在陪了病人一整夜之后,于拂晓时骑马回家。途经相邻的石头河战场时,一个陌生男人向他走来。只见他把右手举到自己的帽檐,端端正正地行了个军礼。但是此人戴的帽子并非军帽,穿的衣服也非军服,而且举止一点不像军人。医生礼貌地点点头,他下意识地想,这个陌生人的奇怪问候也许源于人们对当地历史的尊重。他看到此人急欲和他说些什么,就勒住缰绳,等待他开口。

陌生人说:"先生,虽然你是个老百姓,却有可能是我的敌人。"

"我是个医生。"梅尔森含糊地回答。

"谢谢,我是黑曾将军麾下的中尉。"陌生人犹豫了一下,接着又紧盯着医生,补充说,"我隶属于联邦军队。"医生只是点了点头。

"您能否告诉我此处的战况如何,军队转移到何方,哪方获胜?"

医生觑起细眼,奇怪地打量这个询问者。他以一个医生的职业眼光,足足看了好一阵子,然后,他开口道:"对不起,一个人想打听信儿,那他可得先告诉别人点东西。"接着,他又微笑着加了一句话,"你受伤了吗?"

"似乎不太严重。"

这个人摘下头上的平民小帽,拢了拢头发。然后,他全神贯注地看着自己的手掌。"我中弹后就失去了知觉。那时好像有道光从低空中闪过。我发现自己没有流血,也感觉不到疼痛。我不想麻烦你给我治疗,只想请你告诉我联邦指挥中心的下落,任何一个指挥中心都行,如果你知道的话。"

同上次一样,医生没有立刻回答。他在回忆医学书上的有关文献。这些文献曾经记载,人失去记忆后故地重游有助于病情恢复。终于,他看了看陌生人的脸,微微一笑,说道:"中尉,你没有穿着显示军衔、番号的军服。"

陌生人看了看身上的平民服装,抬起头,犹豫地说:"你说得对——我自己也不明白是怎么回事。"

医生是讲究科学的,他依旧以犀利的眼光看着他,但犀利之中隐含着同情。然后,他直截了当地问:"你多大了?"

"二十三——这和我打听的事有关系吗?"

"从你的外表看,你好像不是这个岁数。"

陌生人不耐烦了。"我们没有必要讨论年龄。"他说,"我要知道军队的事。不到两小时前,我看到军队从这条路上向北走,你肯定和他们遇上了。求你发发慈悲,把他们穿的军服的颜色告诉我,我没能看出来。此外,我不会再麻烦你。"

"你确信看到军队了?"

"确信?什么话,先生,我几乎可以数清楚他们的人数。"

"啊，是吗？"梅尔森觉着自己有点儿像《一千零一夜》里饶舌的理发师，甚是滑稽可笑，"有意思，不过我的确没有碰到过什么军队。"

陌生人冷冷地看着医生，似乎他本人也感觉到医生有点儿像那个饶舌的理发师。"看起来，你是不想帮我了。"他说，"先生，你可能会下地狱。"他转身大步走开，漫无目的地朝湿漉漉的田野走去。看到他如此动怒，医生多少有点儿后悔。他坐在马背上，注视着他的身影消失在前面的树丛中。

三

那个人离开大路后，放慢了脚步。他歪歪斜斜地往前走，感到非常疲惫。虽然那个饶舌的医生告诉他根本没有军队路过此地，他还是不相信。他在石头上坐了下来，一只手放在膝盖上，手背朝上。他漫不经心地看了看那只手，发现它竟是如此干枯。接着，他又伸出双手去摸自己的脸，手指尖可以触摸到，上面有一条条皱纹。多么奇怪！想不到在中弹、短时间的昏迷之后，身体会虚弱成这个模样。

"我想必在医院里待了很长时间。"他大声说道，"天哪，我有多傻！打仗在十二月，但现在已经是夏天了！"他大声笑了起来。"难怪那个家伙把我当成是逃跑的精神病人。他错了，我只不过是个逃跑的病人。"

前方一小块石头围着的开阔地吸引了他的注意力，他本能地站起来,走了过去。只见开阔地当中竖着一块坚固的方形石碑,岁月的风霜已将石碑染成了棕色,四角已磨损,缀满了地衣和苔藓。巨大的裂缝中间挤满了野草,显然这缝隙是野草的根造成的。时间老人为了回应、破坏这个野心勃勃的建筑物的挑战,使出了浑身解数。估计不久这个建筑物就会与尼尼微遗址、推罗遗址一样成为历史古迹。倏忽间,他在碑文上看到了一个熟悉的名字。他激动地颤抖着,将上半身趴在石头墙上,伸长脖子去看那碑文。碑文这样写道:

黑曾陆军立此碑

以纪念在石头河之战中

牺牲的士兵。

1862 年 12 月 31 日

这个人晕乎乎地从石墙上跌了下来。距他一臂之遥,有一泓清水池塘,想必最近下了场雨,将那里的土坑填满了。他想喝点水恢复力气,于是爬了过去,用打战的胳膊支起上身,伸长脖子一望。只见水清如镜,映出了他的丑陋脸庞。他发出一声惨叫,胳膊再也支撑不住,"扑通"一声跌入水中。他这段重新开始不久的生命又结束了。

鬼谷谜云

马卡格峡谷在印第安希尔的西北边,直线距离仅九英里。其实它也算不上峡谷——只不过是两条郁郁葱葱而又高不可测的山脊之间的一块凹地。峡谷与河流均有自身的特点。从峪口一直到上首,深不过两英里,最宽处也仅十二多码。小河两岸的大多数地方没有平地。河床冬天流水,早春干涸。两侧陡峭的山坡覆盖着密密匝匝的树丛。山坡之间,仅有河道,没有平地。谷地除了附近的猎人偶尔壮胆进入外,再也没有外人光顾。五英里之外,即便提起它的名字来也无人知晓。那一带各个地段都有十分险恶的奇峰异石。要想向当地人问明该峡谷名称的来历,那是枉费心机。

在马卡格峡谷的峪口到上首的中途，右侧的山冈恰好被横插入另一短而无河的峡谷。两条峡谷交合之处，地势平坦，面积有二三英亩见方。几年前这里曾有幢破旧的小屋供过路人寄宿。屋子只有一个房间，造房子的材料，尽管数量不多，种类简单，但怎样运到这足迹几乎无法企及的地方，仍是个谜。当然，要破解这个谜，给人以满足感，比实际住宿的好处多得多。也许小河的河床是一条改造过的小路。但有一点可以肯定，那就是人们探矿时曾把这里挖了个遍。他们肯定有一些进入峡谷的方法，至少要带上背负采矿工具与补给的驮畜。他们所获得的利润前景，显然无法说服人们投入大量的金钱，从而把马卡格峡谷与享受大型锯机所带来便利的文明连接起来。然而那间小屋还在，大多数东西也都还在。所缺的是一扇门、一个窗框。用泥土和石头砌成的烟囱也已经倒塌，瓦砾堆在一起，十分刺眼，上面杂草丛生。那儿曾经有过的一些简陋家具以及下方的许多遮挡风雨的板壁，都被猎人拆去生篝火。或许，邻近一口老井的井栏也遭受了同样的下场。在我写这个故事时，这口井已成了一个宽而浅的坑。

1874年夏天的一个下午，我取道一条狭窄的河谷，顺着枯竭的河床经过马卡格峡谷。峡谷就通往那条河谷。当时我正在打鹌鹑，到达上面提到的那间小屋时已捕获十来只猎物。在这之前，我从不知道小屋的存在。

在漫不经心地看了看破烂的屋子之后,我继续打猎,而且收获甚丰,直到太阳下山,才意识到自己身处渺无人烟的边远之地,天黑前无论如何都找不到投宿人家了。不过,我盛猎物的袋中有食品,需要的话,老屋能给我栖息之地。内华达山脉的山脚下,若是这样一个温暖而没有露珠的夜晚,人们会不盖任何衣物,惬意地躺在松针上睡一觉。我乐于独处,又喜欢夜晚,于是很快决定在此露宿。我用树枝草叶在屋子角落铺好睡铺,又在壁炉里生火烤鹌鹑。这时,天色黑下来了,烟从倒塌的烟囱里四下逃窜,暖烘烘的火光照亮了屋子。那个地方没有水源,整个下午我喝着红酒解渴。现在,我吃着清淡的鸟肉,喝着剩下的红酒。这顿简单的晚餐,令我舒服极了。即使有更好的饮食与住宿条件,也不能给我这样的感受。

可是不管怎样,我总感到这里少了些什么。虽然觉得舒服,却没有安全感。我发现自己毫无理由、越来越频繁地注视着那扇敞开的门道和光秃秃的窗户。户外是黑乎乎的一片,我想象着外面的世界,充满了怀有敌意的事物,自然界的,超自然的。我无法压抑一种真切的恐惧。在这中间想得最多的是自然界的灰熊和超自然的鬼魂。我知道这一带偶尔仍能看到灰熊的出没。至于鬼魂,理性告诉我,人们在这里不曾见过。不幸的是,我们的感觉并不总能遵循事物可能性的法则。对于我,那个夜晚可能与不可能出现的事物都同样令我不安。

任何有过这种经历的人,想必都已注意到,人们身处空旷的户外时,面对夜晚那真实与幻想中的危险,心头涌起的忧虑要比身处一个门道敞开的屋子少许多。此刻我正有这种感觉。在靠近烟囱的角落处,我躺在树叶铺成的睡铺上,任由炉火悄然熄灭。我感到屋内有什么东西充满恶意且气势汹汹。这种感觉如此强烈,令我几乎无法将视线从门道处移开。夜色更深了,门道越发模糊难辨。最后一丝火光摇曳不定,无声熄灭。我紧握放在身旁的猎枪,事实上,我还将枪口对准无法看清的入口方向,拇指放在击铁上,随时准备扳起。我屏住呼吸,浑身肌肉绷得紧紧的。然而不一会儿,一阵羞耻感涌上心头,我放下了猎枪。我到底怕什么,又是什么原因呢?——我,这样一个对于黑夜的面孔甚至比人更熟悉的家伙——

我的心里有种祖辈传下的迷信,没有人能完全摆脱它的魔力。这种魔力只会赋予独处、黑暗与沉默以更加诱人的兴趣和魅力!我无法明白自己那些荒唐的念头,迷失在由这件事所推测出的猜想中。不知不觉中,我睡着了,进入了梦乡。

在梦中,我身处异邦一个大城市里——那里的人与我肤色相同,语言与服饰均有细微的差别。但具体不同在哪里,我又说不上来。对于这些,我的感觉模糊不清。城中显要位置伫立着一座俯瞰全城的宏伟城堡。我知道它的名字,却说不出来。我穿过一条又一条街道,有的街道又宽又直，两旁耸立着现代建筑；有的却又窄又暗，曲折盘旋在古色古香的老房子与山墙之间。房前突出的台阶，几乎就要碰着我的脑袋。台阶上精心地点缀着木质和石质的雕刻。

我在找一个未曾谋面的人。可我知道，一旦找到他，我就会认出他来。我的寻找并非毫无目标，也并非寄希望于偶然。恰恰相反，我有着明确的方法。我毫不犹豫地从一条街转入另一条街，走过的那些错综复杂的线形成了一个迷宫，可是我一点也不担心在其中迷了路。

不一会儿，我在一座简朴石屋的矮门前停下脚步。这幢石屋或许是哪位手艺高超的工匠的住处。我没打招呼，就进了屋。屋子里的家具很简单。光线从仅有的一扇窗子透进来，照亮了小屋的一切。玻璃窗格呈钻石形，一小片、一小片地拼在一起。屋内只住着一男一女，他们对我的贸然闯入毫不理睬。这种情景在梦中显得再也自然不过。他们没有说话，各自分开坐着，无所事事，神情抑郁。

那个女人很年轻，也很壮实，长着一双标致的大眼睛，眼神中流露出一种冷峻之美。直至现在，她的神态仍在我脑海里栩栩如生。不过在梦里，人们往往不会仔细观察人物脸部的细节特征。我只记得她的肩上披着一块彩格呢方巾。男人年纪要大些，皮肤黝黑，一条长长的刀疤从左太阳穴向下斜伸，直至上唇的黑色八字须。这使得他那张看似邪恶的脸更加令人生畏。不过，在梦中，那刀疤显得更像是飘在他的脸上，而不是脸上固有的财产。这一点，我无法再用其他方式来表达了。我一看到这一男一女，就意识到他们是对夫妇。

接下来的事，我记不清了。一切都弄乱了，前后不再一致。我想，这是我脑海中一丝丝知觉产生的副作用吧。一切宛如两幅重叠在一起的画，一幅画是梦境，另一幅画是我所处的现实环境。后一幅画覆盖在前一幅画上，直到它渐渐消退，变得无影无踪。然后在这废弃的小屋里，我苏醒过来，平静而清楚地意识到自己此时的处境。

我那愚蠢的恐惧消失了。睁开眼睛，我看到炉火并未全然熄灭。一根柴枝落进壁炉，火又燃烧起来，映亮了屋子。我大概只睡了几分钟，可那平淡无奇的梦境却不知怎的给我留下了强烈的印象，让我不再昏昏欲睡。过了一会儿，我站起身，将篝火的余烬聚拢在一起，点上烟斗，陷入了对刚才那个幻觉的沉思。那种思考问题可以说是到了荒谬绝伦的程度。

然而，我说不上这梦境究竟在哪方面值得我如此注意。我第一次对这事认真地想了一会儿，认出梦中的城市是爱丁堡。我从未去过那儿，因此，如果这个梦是一种回忆，那必定是对于看过的图片与文章的回忆。认出这城市之后，我莫名其妙地被深深打动了，似乎脑海中有什么在反抗惯有的意志与理性，并坚持这种认识的重要性。而这种功能，不论它是什么，也控制了我的言语。"没错，"我下意识地大声说道，"马克格雷格夫妇肯定从爱丁堡来过这里。"

这时，对于我话中的内容以及我亲口说出这话的事实，我丝毫不感到吃惊。仿佛我知道梦中所见人物的名字和他们的一些来历，这是再自然不过的。然而不久，这件事的荒谬开始萦绕在我心头。于是，我大笑一声，敲敲烟斗，甩去烟灰，又在树枝草叶铺就的睡铺上躺了下来。我出神地盯着已渐熄灭的炉火，心想不再去思索梦境或是身旁的一切。倏忽间，炉内仅有的一束火焰蜷伏了下来，它从余烬中奋身向上一跃，消失在炉膛。周围陷入无尽的黑暗。

此时此刻，就在火焰从我的视线中消失的同时，传来一声低沉的声音，像是一个沉重的身躯砰然摔倒在地上。地板在我身下摇晃。我飞快地坐起身，摸索着身旁的猎枪。当时我以为是一只野兽从开着的窗户里窜了进来。当这间破旧的小屋因那声音的出现而继续晃个不停时，我又听到重物击打声，接着又是双腿在地板上拖行的声音。似乎就在伸手可及之处，传来一个女人因剧痛而发出的尖叫。我从未听过如此可怕的尖叫，更别谈亲身体验了。我完全被吓坏了。有一会儿，我的身上只有恐惧，没有其他意识。幸好，我摸索到了自己的猎枪，那种触碰枪杆的熟悉感觉使我略微平静了些。我站起身，睁大眼睛试图穿透这茫茫夜色。激烈的声音停止了，然而又传来了别的更可怕的声音。不时，我居然能听到微弱的、时断时续的喘息声。那种声音无疑只有垂死之人才能发出!

我的眼睛慢慢适应了炉内炭火余烬的微弱亮光。第一眼看到的是,门与窗户看上去比墙壁更深更黑;紧接着,我分辨出了墙壁与地板。最后出现在意识中的是地板的形状。它在屋内纵横延伸,周围什么也看不见,寂静如初。

我的一只手微微晃动了几下,另一只仍握紧枪。重新生了火,我挑剔地审视着屋内。没有一处迹象表明曾有人进过小屋。我自己的足迹在积满灰尘的地板上清晰可见,除此之外,没有别的痕迹。我重新点上烟斗,从屋子里扯了一两块薄木板,放在炉火上——其实我并不在意跑到屋外的黑暗中去。于是,我抽着烟,一边思考,一边往炉火里添柴,就这样度过了黑夜的剩余时光。即使让我再多活几年,我也决不会让微弱的火焰再次熄灭。

几年后,三藩市的一位朋友写了封介绍信,介绍我同萨克拉门托一位名叫摩根的人认识。一天晚上,我在他家就餐,发现墙上挂满了各种各样的猎物,似乎在向旁人展示自己很喜欢打猎。后来我的推断得到了证实。在谈到他的一些冒险经历时,他提起曾光顾过我有过上述奇遇的那一带地方。

我唐突地问道:"摩根先生,你是否知道那里有个马卡格峡谷?"

他回答说:"我知道,而且非常熟悉。去年报上刊载的有关在那里发现骸骨的情况，就是我向报社提供的。"

我没听说过报纸报道过此事，似乎那些报道是我去东部的时候刊登出来的。

摩根说："顺便说一句，这峡谷的名字有误，它本该叫作马克格雷格。"然后他对妻子说，"亲爱的，埃尔德森先生弄翻了他的红酒。"

他的话不确切——我当时非常吃惊，失手将整个酒杯掉在地上。

在我的笨手笨脚引起的毁损得以弥补之后，摩根继续刚才的谈话。"过去峡谷有间简陋的小屋，就在我去之前，它被风吹塌了。但看起来，好像是整幢屋子被风吹跑似的。到处都是残骸、碎片，地板被拆得七零八落。在没有拆毁的两个分隔块小间里，我和同伴看见了一片残存的彩格呢碎布。经过仔细察看，发现它竟然属于妇女披在肩膀上的方巾。当然，除了尸骨以及死者干枯的棕色皮肤之外，什么也没留下。部分尸骨被衣服的碎片包着。不过咱们还是别让摩根太太伤心了。"他笑着说。只见他的妻子露出的神态与其说是同情，倒不如说是恶心。

接下来，他说："不过，还有必要说明一下，骸骨有几处是折断的，像是被钝器击打所致。那钝器是把锄头，就放在不远处的木板下，上面还沾着血迹呢。"

摩根先生转身看着妻子，装出一副严肃之态。"亲爱的，原谅我提到这些令人不快的细节。这种遗憾的局面是夫妻争吵的结果，而争吵的起因，毫无疑问，是不幸的妻子不顺从丈夫。"

摩根太太平静地说："我不会计较的。这些要求原谅的话，你反反复复说了多遍。"

我想，摩根先生十分乐意接着讲自己的故事。

他说："根据上面说的以及其他情况，验尸官发现死者珍妮特·马克格雷格是被他人用硬物击打致死的。凶手身份不明。不过所有的证据都指向她的丈夫托马斯·马克格雷格，大家都认为他有重大嫌疑。但迄今为止，托马斯·马克格雷格音讯全无，到处都找不到他的踪影。听说这对夫妇来自爱丁堡，不过——亲爱的，难道你没有看到埃尔德森先生放骨头的碟子里有水吗？"

其实，那是我把一块鸡骨头放进了洗手指的碗中。

"在一个小壁橱里，我找到一张马克格雷格的照片，但这还是无济于事，警方无法抓到他。"

我说："能让我看一下那张照片吗？"

照片上的人皮肤黝黑，一条长长的刀疤从太阳穴向下延伸，直到上唇的黑色八字须。这使得那邪恶的面孔显得更加令人生畏。

"顺便问一句，爱尔德森先生，"我那好客的主人说，"你能告诉我为什么要询问'马卡格峡谷'？"

"我曾经在附近丢了一头骡子，"我这样回答，"那件倒霉的事让我很……很……伤心。"

摩根以一种口译人员特有的机械、呆板的翻译腔调说道:"亲爱的,埃尔德森先生丢了头骡子,所以他把胡椒粉加在了咖啡里。"

恐怖的葬礼[1]

约翰·莫坦森死了。作为充满悲剧色彩的人，他已经说完自己的台词，离开了舞台。

他躺在上等的红木棺材里，棺木上嵌着一块平板玻璃。葬礼上的一切都被安排得如此周到，逝者若是地下有知，定会大加赞许。玻璃下，他的脸看上去不会令人产生不快。他脸上带着浅浅的微笑，加之死亡时毫无痛苦，五官扭曲得并不厉害。化妆师略施小术，就将其修复。下午两点，朋友们将聚集在这里，向他凭吊告别。从此以后，他不再

---

[1] 安布罗斯·比尔斯原注：该故事系已故李·比尔斯的遗作，现略加修改，予以发表。想必作者在天之灵也会同意这样处理的。

需要朋友,也无须他人的尊敬了。每隔几分钟,活着的家属们三三两两来到灵柩前,对着玻璃下死者宁静的遗容,伤心抽泣。这么做对他们没有什么用处,于死者也无益。但在死亡面前,理性是沉默无声的。

快到两点时,他的朋友们来了。就像这种场合需要的那样,他们向悲痛欲绝的死者亲属表示了安慰,然后神情严肃地四下入座。悲哀肃穆的环境布置令他们愈加强烈地意识到自己到场的重要性。不一会儿,牧师来了。他的出现更加带来了悲哀气氛。走在他身后的是死者的遗孀。整个屋子充斥着她动情的哭声。她走到棺材旁,俯身将脸紧贴着棺木上的冰凉玻璃,随后,有人将她轻轻拉到靠近她女儿的一个位子上坐下。牧师神情悲切,声音低沉,开始为死者致辞。悲切的声音掺和着阵阵抽泣——那正是他想要激起并使之持续不断的效果。他的声音时高时低,似乎来了又去,像水流滞缓的大海发出的声响。他说话的时候,阴沉的天色变得更暗了,接着,大片的乌云黑压压地悬在空中。几滴雨点开始落在地上,声音听得清清楚楚,仿佛整个大自然都在为约翰·莫坦森哭泣。

牧师以一声"阿门"结束了悼词,房间里唱起了赞美诗。抬棺木的人在棺材架旁各自就位。当赞美诗最后几个音符渐渐停止时,死者的遗孀冲向棺木,扑在上面,歇斯底里地哭了起来。可是慢慢地,她听从了人们的劝阻,比先前平静了些。当牧师领着她离开时,她的眼睛追寻着玻璃下亡夫的脸庞。突然，她猛地举起双臂，一声尖叫，摔倒在地，不省人事。

奔丧的亲属奔向灵柩，后面跟着死者的朋友。壁炉架上的大钟庄严地敲了三下，所有人目光低垂，注视着约翰·莫坦森的遗容。

他们转过身，恶心得快要晕倒了。恐惧中，一个男人试图避开那可怕的一幕，踉踉跄跄，重重地绊倒在棺木上，撞断了一根不坚实的支座。棺材掉下，猛撞在地，平板玻璃破裂成碎片。

约翰·莫坦森的猫慢慢地从破裂的洞中爬出，懒洋洋地跳到地上。只见它坐直身体，用一只前爪静静擦着口鼻，然后神情庄重地慢步离开了房间。

盗尸者

亨利·阿姆斯特朗从来都是个难以被说服的人。对他来说，已被安葬的事实似乎不足以证实死亡。他的感官证实了自己已被埋葬入土。这的确是事实，他不得不承认。他的姿势——背部向下平躺，双手被缚交叉放在腹部。虽说他轻而易举地挣脱了束缚，却未能有效地改变自己的处境。他身体被禁锢着，四周是漫漫黑夜与无边寂静。这一切成了无可辩驳的事实，于是他毫无怨言地接受了。

但是死亡——不，他只是病入膏肓。况且，他有着病人的冷漠，对上天赐予的不寻常命运并不十分担忧。虽说他的性格绝非达观，但庸才有时也可以因疾病而对一切看得平淡。他曾经十分担心的身体器官,现在已经麻木了。所以,他带着对明天并不特别的担忧,睡着了,从此长眠于地下世界。

但是在地上世界,发生了一件意想不到的事。那是在夏季,一个暴风雨即将来临的黑夜。西边密布着低云,空中不时有闪电划过。时有时无、倏然而逝的闪电给墓地带来了断断续续的强烈亮光,墓碑与碑记仿佛在跳着鬼魅舞蹈一样。在这样一个夜晚,任何一个人似乎都不可能到墓地边闲逛。于是三个人放心大胆地来到了墓地上,合力挖着亨利·阿姆斯特朗的坟墓。

这三个人中,有两人是几英里外一所医学院的年轻学生,另一位是身材高大的黑人,名叫杰斯。多年来,杰斯一直在墓地帮人做杂役,他非常乐意干这份差事,熟悉"此处每一个灵魂"。根据他目前的工作性质,可以推断,这里安息的灵魂并非如记录簿上记载的那么多。

墙外,离公路最远的一块空地上,一辆四轮马车在等候。

挖掘工作并不难。几小时前填盖在棺木上的松土不会做任何坚决抵抗,不久便被悉数挖出,扔在四周。要将棺木从墓坑中移出是不容易的,可他们还是办到了,因为那是杰斯的专利。他仔细拆下棺盖上的螺丝,将棺盖放在一边,展现在他们眼前的是一具穿着白衣黑裤的尸体。正当这时,空中电光闪烁。一声惊雷撼醒了昏迷的世界,亨利·阿姆斯特朗无声地坐了起来。两名学生发出含糊不清的尖叫,各自惊恐地向不同方向逃去,就是八匹大马也拉不回他们。可杰斯是个异类。

天刚蒙蒙亮,两名学生在医学院里碰面。他们脸色苍白,面容憔悴,血液在体内飞快流动,彼此对昨夜的奇遇感到既焦虑又害怕。

一个人大声问:"你看见了?"

"是的——我们该怎么办?"

他们绕道走到大楼背面,看见一辆四轮马车。马就拴在解剖室旁边的门柱上。两人毫无表情地走进屋内。昏暗中,黑人杰斯坐在一条木凳上。他站起身,咧着嘴,眼中尽是笑意。

他说:"我来拿工钱。"

只见长桌上摆着亨利·阿姆斯特朗的尸体。他一丝不挂,身子舒展,脑袋被铁锹击了一下,上面沾满鲜血与泥土,显得污秽不堪。

孪生兄弟

以下是在已故莫蒂默·巴尔先生的遗作中发现的一封信：

朋友，您曾经问过，我作为双生子中的一个，是否觉得某些现象无法用我们熟知的自然法则进行解释。我的回答是：可能我们彼此了解的自然法则不尽相同。您熟悉的一些法则，我可能不知道；而您不能通晓的道理，我可能了然于胸。当然，说的对不对，您可以自行判断。

您能认出我的兄弟一定是我不在场的时候。如果我俩以同样的打扮一起出现，相信包括您在内的任何人都不会分出哪个是我，哪个是约翰。纵然是我们的生身父母，也分不真切。所以说，恐怕天底下也没有像我俩如此酷似的双胞胎了吧！说到约翰这个名字，我也不敢肯定它应该属于谁。我俩出生后也像其他孩子一样接受了洗礼。就在一个人给我俩分别印上标记时，那人自己也糊涂了。尽管我的前臂被印上一个小小的"H"，代表 Henry(亨利)，他的前臂印有一个"J"，代表 John(约翰)，但现在却无法查证标记是不是被搞混了。小时候，父母给我俩穿戴不同的衣物，但我俩故意交换衣服，把别人弄得云里雾里。后来，人们就索性对我俩不做什么分别了。只要我俩一起出现，家人就会晕头转向，干脆叫我俩"约翰亨利"。我常想，当时爸爸为何不干脆把标记烙在我俩各自的眉毛上。不过我俩还算听话，虽然有时调皮遭人嫌，但没做什么出格的事。爸爸敦厚和善，说不定还把我俩看作老天对他的馈赠而乐开了怀呢！

后来我们举家迁往加利福尼亚，并在圣·约瑟定居下来。(在那儿，我们最大的幸事便是和您这样的好人交上朋友。)不多久，父母就在一周内相继去世，我们的家也随之支离破碎。父亲死时已经破产，为了还债，一家人只得将宅地低价抵押。姐妹们纷纷去投靠东部的亲戚，而 22 岁的我和约翰则得到您的帮助在三藩市谋职。由于公司地处不同，兄弟二人不得不分居两地，一周内也难得相聚一次。渐渐地，我俩有了各自的交际圈，朋友中没人知道彼此还有一个极为相似的兄弟。至于您的疑问，请听我慢慢道来。

那是我刚到三藩市不久。一天下午，我正走在市场大街上。忽然一位穿着考究的中年男子上前与我热情地打招呼。他说:"史蒂夫,我知道你平常不爱外出交际,可是我向太太提起你时,她极力邀请你到我家做客。还有,你不妨认识一下我的女儿们。不知明晚六点你能否赏光和我们吃顿便饭?要是你们年轻人谈不来,我们也可以打台球。"

那位先生说得眉开眼笑,兴致勃勃,我不忍拒绝,便爽快地对这个素昧平生的人回答:"您真是太客气了,我很荣幸能得到您的邀请。请代我谢谢马戈温太太,明天一定准时到。"

寒暄之后我们愉快地道别。经常会有人像这位先生一样把我错认成我的兄弟,对此我早就习以为常,若非事关重大不会急着纠正。但是我怎么会知道这个人就姓马戈温呢?这可不是一个寻常姓氏。或许我真的喊对了。事实上我对这个姓氏和对这个人同样陌生。

第二天,我匆匆赶到约翰上班的公司,正巧碰到他抱着一大摞账单从办公室走出来。我对他讲述了如何以他的身份做出承诺,还说如果他不愿意赴约,我可以继续装扮下去。

约翰想了想说:"真是蹊跷,马戈温先生是我在办公室里唯一熟悉并谈得来的人。今天早上来公司时,我们还互道了早安,我莫名其妙地说了一句'马戈温先生,我忘了您家的地址'。当时我也说不清这地址于我有何用。现在知道了,看来你硬着头皮答应下来是对的。不过我会亲自赴宴的。"

从那以后，约翰时常到马戈温先生家"赴宴"。不是我贬低他们家的厨艺，饭菜的味道确实不敢恭维。就这样一来二去，约翰爱上了马戈温家的一个女儿，并向她求婚。那位小姐冷淡而又礼貌地应允了这桩婚事。

几个星期后，约翰告诉我说，他已经订婚了。在我有幸结识那位年轻小姐和她的家人之前，发生了一件事。那天，我在卡尼大街遇到一个模样英俊，外表有些放荡任性的小伙子。他的样子使我不由自主地想要监视他的举动。于是我便毫无顾忌地尾随着他来到吉尔利大街，并一直跟到联合广场。他看了一下手表，随即走进广场，徘徊良久。可以看出，他是在等人。这时，一位衣着入时、长相俊俏的年轻小姐走了过去。随后，他们一起离开了广场，而我也一直跟着他们走到斯托克顿大街。那会儿我特别谨慎，怕被他们瞧见，总感觉那个陌生的女孩一眼就能认出我。他们七拐八绕地走了好几条街，终于停在一所房子前面。两人不约而同地向四下里望了望，双双走进了屋子。我躲在暗处险些被发现。至于那是何处的一幢房子，这里不再赘述。反正，它看上去普普通通，毫无特色。

在此我要声明，我跟踪这对陌生男女并非心怀叵测。依我看，不管是有碍道德还是无伤风范，常人在类似情况下都会有同样的反应。下面的故事就是你要我回忆的重要环节。我讲述时心里坦然，毫无顾忌。

那件事发生之后的一个星期,约翰带我去拜谒他未来的岳父。想必您已猜到,我还见到了马戈温小姐。我惊讶地发现她竟然就是那天我跟踪的女孩。老实说,马戈温小姐有着倾城之美,可是这副娇艳的面孔在她跟那位青年在一起时却没能打动我,这使我怀疑自己是否看错了人,但转而细想又觉得不可能。也许是得体的衣服和轻松的气氛衬托了她芳卿可人的一面吧!

那天晚上真是令我和约翰如坐针毡,当时的尴尬不亚于我俩被认错时的狼狈。当我终于有机会与马戈温小姐单独相处时,便郑重其事地对她说:"马戈温小姐,您也有个孪生姐妹吧。上个星期二下午,我在联合广场见过她的身影。"

听到这话,她睁大眼睛朝我看了一下,随即把视线移开,只是盯着自己的鞋尖儿出神。与我的目光相比,她似乎少了些从容与镇定。

"她的模样和我相像吗?"她装出一副若无其事的样子。

"很像,我简直被她迷住了,生怕再也看不到她,于是就一直跟踪她到了……马戈温小姐,您明白那是怎么回事吗?"

这突如其来的询问使她的脸"唰"地变得苍白。但她抬起头,用眼神表示自己并没有被吓倒。

"你想要干什么?"她问,"尽管说出你的条件,我一概接受。"

无须多想,这个姑娘不好对付。惯常的勒索方法是行不通的。"马戈温小姐,"我的话语流露由衷的怜悯之情,"想必您是迫于无奈才受了什么人的摆布。我只是想帮您重获自由,决不会损害您的名誉。"

她伤心地摇头拒绝,似乎不抱任何希望。我继续鼓动她:"您的美貌着实令我震撼,而您的坦诚率真和不幸遭遇则消释了我对您的怀疑。如果您能无愧于心,我相信您会找到最合适的方法脱身。如果您身不由己,那么上天自有定度。您不必担心我会泄密,若要反对这桩婚姻,我会找出其他理由。"

这些并非我的原话,不过大意如此。那时我心乱如麻,情急之下就脱口而出了。当我起身离开时,没有再看她一眼。这时其他人都进了屋,我极力保持自己的镇定。"我刚向马戈温小姐道了晚安。可能待得太久了。"

约翰也要和我一起走。在路上,他问我是否觉得茱莉叶小姐的神情有些古怪。我搪塞说:"大概是身体不舒服,所以我才要告辞呢。"至于方才谈话的内容,我则秘而不宣。

我第二天回到卧室时,已经很晚了。头天晚上的事一直让我忐忑不安。我走出卧室,希望户外的空气能让我的头脑清醒一下。可是不知怎的,一种不祥的预感油然而生,让我久久不能释怀。深夜寒气逼人,薄雾缭绕,湿润了我的头发和衣服。我冷得发抖,又回到卧室,穿上睡衣和拖鞋偎坐在熊熊的炉火旁。但我的心里却愈来愈惶恐,身子仍抖个不停。现在颤抖不是因为寒冷，而是出于恐惧，也许这就是所谓的"胆战心惊"吧。我强烈地预感到有某种不幸之事即将要发生。这种预感令我备受折磨，宁愿回首往日已成为事实的伤心之事，也不愿受这种悬而未果的猜测的困扰。于是，我回想起死去的父母，追忆起在他们床前的最后诀别以及在墓前的沉痛悼念。彼情彼景如浮光掠影，看不真切，仿佛发生在遥远的过去，发生在某个不相干的人身上。突然，一声极度惊恐的尖叫将我从往事中惊醒，仿佛钢铁斩断绷紧的绳索，我又骤然回到现实。

我能听出那是约翰的声音，似乎就是从窗外的街道上传来的。于是，我一跃而起，打开窗户向外张望。街灯昏暗，人行道湿气盘绕，临街的住房隐约可见，显得阴森恐怖。一个警察竖起衣领，倚靠在门柱安闲地抽烟。我关起窗户，拉下帘子，又回到了炉火前，一边做些习惯性的动作，极力不去思索那可怕的叫声，一边焦虑地看着手表。十一时半，耳边又响起了毛骨悚然的喊叫。那声音近在咫尺，仿佛触手可及。我吓坏了，一时不敢挪动身体。仿佛过了很久，我又跑出屋子，身不由己地朝一条陌生的街道飞奔。当时我既不知身在何处，也不知要去何方。终于，我在一户人家门口停下了脚步。门外停着两三辆马车，屋内灯光摇曳，人声鼎沸。这就是马戈温先生的家。

至于屋里发生的事，朋友，你已经知晓。当时我夺门而入，在一间屋子里发现了茱莉叶·马戈温小姐的尸体。她由于中毒在数小时前就香消玉殒了。约翰·史蒂夫躺在另一个房间。他的胸口中了一枪，鲜血直流，而枪就握在他的手里。我冲进房间，推开医生，蹲下身子抚摸他的额头。约翰还睁着眼睛，他目光茫然，而后慢慢闭上双眼死去。

此后我便一直昏迷不醒。所幸的是，我住在您舒适的家中，有您妻子的精心照料，于是我的身体得以恢复。您对此间发生的事想必都了若指掌，但有一点恐怕您还不知道，这跟您的心理研究无关，至少与您曾问起过我的不相关。我知道当时您是考虑到我的身体状况而没有追根究底，可是我还可以提供更多信息。

几年之后，一个月朗星稀的夜晚，我独自漫步在联合广场。夜色苍茫，广场上冷冷清清。当再次走到曾目睹过那次约会的地方，也即预示了那次悲剧即将发生的地方，往事又涌上心头，使我不由自主地回想起那最凄惨的一幕。我坐在长椅上，思绪万千。这时，一名男子也走进了广场。他低着头，双手背在身后，很随意地走着。接着，他迈上人行道，径直朝我走来。当他逼近我的座位时，我一下子认出了那个人。他不是别人，正是几年前在这儿和茱莉叶·马戈温小姐幽会的浪荡公子。不过，他整个人已经改变了模样——苍白、疲惫和憔悴，处处露出生活放荡和重病缠身的痕迹。他的衣裳凌乱，几绺头发飘搭在前额，显得既恐怖又怪异，一切恰似一个从医院跑出来的病人。

我下意识地站起身,与他面面相对。而他也抬起头,仔细端详我的脸庞。突然,他的脸上一愣,呈现出难以言状的恐惧——以为与一个鬼魂相遇。不过,他向来不示弱。"去死吧,约翰·史蒂夫。"他一面喊着,一面抬起颤抖的手臂击打向我的脸。只是那一拳打得柔弱无力,我躲向一边,而他栽到地上。

人们发现他躺在那里,身体已变得僵直。没有人了解他,甚至不知道他叫什么名字。他的死是留在人间的唯一音讯。

幽灵返乡

假如你看见小乔站在街角淋雨的情景，想必会生出极度怜悯之情。虽说这是一场再也普通不过的秋雨，但对小乔来说（他还没到那种能被区分好人和坏人的年纪，可能因此无法享受法律的公平庇护），雨点扑打在他身上的效果却有几分特别。也许因此你会认为老天爷下的是黏稠的黑雨。然而，事实上并非如此。尽管在布莱克堡这样一个地方，经常发生下怪雨的奇事。

譬如，十几年前，这里曾经下过一场青蛙雨。有当时的编年史为证。那些编年史家所记载的内容虽然已经模糊不清，但大致是讲这场雨预示着法国人会有个好收成。

若干年后，布莱克堡又下了场赤红的雪。冬天的布莱克堡特别冷，雪下得频，积得也深。对于这场赤红的雪，人们是确信无疑的：雪的颜色就像鲜血一般，即便是融化后的雪水也还是这个颜色。这一奇怪的现象受到了人们的关注。当时解释这种现象的说法之多并不亚于那些随之冒出的所谓的科学家。而在布莱克堡居住了多年的居民们本该对此知道得更多，但他们摇头说不知道，只是断定必将会有什么事情发生。

事实上，的确有事情发生。第二年夏天，布莱克堡爆发了一场至今令人难忘的瘟疫。该瘟疫从来没有人见过——也许是传染病，或是什么地方病，反正，医生们吃不准。也许只有上帝才能知道。这场瘟疫夺走了镇上一半人的性命，剩下的一半纷纷背井离乡，往外逃窜。不过他们最终还是陆陆续续回来了，一如既往地繁衍生息。布莱克堡的人口又增加了，可再也没有恢复到以前的样子。

另一桩不可思议的事情是，海蒂·派罗的鬼魂现形了。

海蒂·派罗的娘家姓布朗诺。在当时的布莱克堡，是个名声显赫的家族。这个家族的历史可以追溯到古老的殖民地时期。长久以来，它最富有，同时也最有声誉，因而一直受镇上的人尊重。为了它的声誉，镇民们宁愿牺牲自己的性命。虽然这个家族的大多数成员都在外地接受教育，而且几乎每个人都会外出旅行，但是他们很少会选择在镇子以外的地方居住，所以布莱克堡一直有很多该家族的成员。其中男性担任大部分的公职，女性也干着出色的手工活。而在女性当中，尤以海蒂引人注目。她以甜美的气质，清纯的品格和个人的魅力，深受大家喜爱。在波士顿，她嫁给了一个名叫派罗的人，并把他带回了布莱克堡。此人原是个市井无赖，但在心地善良的海蒂的改造下，成了个真正的男子汉，后来还做了镇上的议员。夫妻俩生了个孩子，取名约瑟夫。他俩极其珍爱这个孩子。在当时的布莱克堡，溺爱孩子已成了一种风气。不过，那场奇怪的瘟疫一流行，夫妻俩都死了，于是约瑟夫一岁那年便成了一个孤儿。

不幸的是，这场让约瑟夫变成孤儿的灾难并没有就此停止。瘟情不断扩散，布朗诺家族的嫡亲几乎无一幸免，而那些逃离布莱克堡的亲戚们也一去不复返。布莱克堡名门望族的传统就此被打破了，布朗诺家族的不动产也另易他主，唯一还留在镇上的就是那些长眠在橡树山公墓的逝者了。事实上只有这里才是他们的领地，他们占据着最好的位置以抵御外族的侵犯。但是，每每有他们鬼魂现形的事发生。

大约在海蒂·派罗去世后三年，一天晚上，布莱克堡一大群年轻人乘着马车路过橡树山公墓——如果你曾到过那儿，一定知道那块墓地的南面靠着通往格林顿的公路。那天正好是他们去格林顿参加五月庆典的日子。他们一行约有十二个人，一路上有说有笑，甚是高兴。

不过，他们仍能感受到最近那场劫难所带来的阴霾气氛。令他们吃惊的是，正当马车经过墓地时，车夫突然惊叫一声勒住了缰绳。因为在他们正前方，在路边的墓地里，站着海蒂·派罗的鬼魂。那的的确确是她的鬼魂，因为这里的每个青年，无论男女，都对她很熟悉。只见她显示出鬼魂所拥有的一切特征——身着寿衣，头发凌乱，神情恍惚。这个令人不安的幽灵正朝西方张开双臂，仿佛在向昏星祈求什么。昏星闪耀着迷人的光芒，让人感到遥不可及。所有人一声不发，坐在车上（故事并没有就此结束）。据说那晚参加欢乐派对的每个人——他们只喝过一些咖啡和柠檬汁——清清楚楚地听见鬼魂喊着："乔、乔。"过了一会儿，鬼魂消失不见了。当然，这些你不必完全相信。

后来人们证实，就在幽灵出现的那个时刻，小乔正好在公墓对面一个山艾树林里徘徊，那里靠近内华达州的威尼姆卡。他是被染上瘟疫而死的父亲的一个远亲带到那里的。这个好心人收养了他，并对他悉心照顾。但就在那天晚上，这个可怜的孩子离家出走，还在沙漠里迷了路。

以后的故事人们就不得而知了，只能用推测来填补其中的遗漏。据说，他迷失方向后，被一个印第安派尤特族家庭发现并收养。但过了一段时间，他们又将他卖了——事实上，他们是在远离威尼姆卡的一个火车站将他卖给了一位正要登车东去的女人。这个女人自称曾试图了解小乔的各种情况,但是一无所获。鉴于她没有子女,又是个寡妇,就收养了这个孩子。直至这时,小乔似乎还离流浪儿的状况非常遥远。由于不断有人收养他,他免遭了许多流浪漂泊的痛苦。

他的最新一任母亲名叫达奈尔太太,住在俄亥俄州的克里夫兰。然而,这个养子并没有和她共同生活多久。一天下午,一个新来的警察在巡逻时发现了他。显然,他又是故意离家出走。那个警察问他在干什么,他说在玩游戏。但在这以后,他想必是上了火车,因为三天后他已经出现在怀特威尔镇了。你也知道,该镇离布莱克堡有十万八千里。他身上的衣服仍旧完好,只是有点脏。由于无法给予合理的解释,他被作为流浪儿逮捕了,并被收容在未成年人避难所内,还在那里痛痛快快地洗了个澡。

一天,小乔又从这个避难所逃了出来,躲进了树林。从此以后,避难所就再没有他的消息。

人们再一次找到他——确切地说是看到他——他已经出现在布莱克堡的街角,孤苦伶仃地站在寒冷的秋雨中。到现在,你就能知道为什么落在他身上的雨点是黑稠的了。其实,雨水只是将他的脸颊和双手的一部分污垢冲了下来。他的身上脏极了,这脏仿佛是出自艺术家之手。这个可怜的流浪儿赤着脚,双脚红肿,走路一瘸一拐的。至于他穿的衣服,啊,你实在无法辨认他穿的是什么,更难以解释会有什么神奇的力量在支撑着他。他很清楚，自己已经被冻得半死。任何人在那样的夜晚站在雨中都受不了。正是因为这样，街上空无一人。小乔究竟是怎么回来的，这个弱小的孩子如何能万里迢迢返回家乡，即便他拥有一百多个词汇量，也是说不清的。从他四处张望的神态可以断定，他一点也不清楚自己身处何方（为什么在那里）。

然而这个时候，这个年龄，小乔也不是一无所知。由于饥寒交迫，行走不便——走起路来膝盖弯曲，脚趾先着地，脚掌才跟着落地——他打算穿过街道，到一幢离得较远，但光线明亮，暖气腾腾的房子去避一避。但是，正当他要付诸行动时，一条凶猛的狗蹿了出来，在他右手边狂叫。他害怕极了，但他相信（由于某种原因）这个畜生只是外表凶悍罢了。于是，他一瘸一拐地远离了那幢房子。右边是灰蒙蒙、湿漉漉的田野，左边还是灰蒙蒙、湿漉漉的田野，雨水打得他几乎睁不开眼。夜幕伴随着雾霭降临，遮住了通往格林顿的公路。而那正是当年那些年轻人穿过橡树山公墓时走过的公路。每年也有很多人像他们那样试图通过这条公路，但未能成功。

小乔也没有成功。

第二天清晨，他们发现了小乔。他全身湿冷，不过再也不会感到饥饿了。显然，他已经走进了橡树山公墓的大门——也许是希望能找到一幢没有狗把门的屋子——在黑暗中迷失了方向，又被许多坟地绊倒，到最后一定是累了，放弃了寻找。只见他那幼小尸体侧卧，污秽的脸颊枕在一只脏手上面，另一只手则藏在破衣服里取暖。他的另一半脸颊被雨水冲得发白，似乎是被上帝派来的天使亲吻过一般。后来人们发现——尽管当时没人注意到，他的尸体到现在还没经过辨认——这个小孩就躺在海蒂·派罗的墓穴上。然而，墓地入口并没有敞开以此欢迎孩子的到来。也许，充满敬意的人们会修补这个人生的遗憾。

转世灵魂

"几点几分？老天爷！我的朋友啊，为什么一定要问几点几分？这有什么关系？总之该是休息时间了，这还不够吗？算了算了，给你，你要是非得对表不可，就拿我的表，自己去看吧。"

约翰·巴泰恩说着，把自己的怀表———只奇重无比的老式表——从表链上解下来，递给了我，然后转身走向一旁的书架，好像开始审视书的封面。我很惊异，他为何如此恼怒不安，因为这似乎毫无道理。对好表后，我走到他身边，说了声："谢谢。"

他接过表，重新系到链子上。这时，我注意到他的手在不安地抖动。我一向以自己的处世机智、老练为荣，见此情景，便装作一副漫不经心的样子溜达到餐具橱旁，用水兑了些白兰地拿给他，请他原谅我的草率之举。然后我回到壁炉旁坐了下来，请他自便，这是我们的惯例。他不久便恢复常态，和我一道坐在炉边，平静一如往常。

这古怪的小插曲就发生在我的公寓里，约翰·巴泰恩途经此处来坐坐。我们一起在俱乐部吃过晚饭，然后乘计程车回来。总之，一切都平淡无奇。可约翰·巴泰恩竟然由着自己的性子，一反常态地宣泄自己的激昂情绪，个中原因我实难理会。尽管他已经开始口若悬河地施展健谈的天资，我却毫无兴趣，只对刚才的一幕越想越好奇，并且轻而易举地说服自己，这种好奇只是出于对朋友的关爱。人们总是如此装腔作势地来掩饰自己的好管闲事，以逃避责难。所以，我直截了当打断了他自我陶醉的独白中最精彩的一段言辞，并未加任何客套话。

"约翰·巴泰恩啊，"我说，"如果我说错了，请你原谅。不过就目前来看，我实在无法容忍问个时间你就显得惊慌失措。你不愿正视自己的表，还在我面前不加解释地隐瞒自己的苦恼，虽说这不关我的事，可这太令人费解了。"

听罢我这套说辞，巴泰恩没有立即作答，而是神情凝重地注视着炉火。我唯恐有所冒犯，正要道歉请他忘记这些，他却冷静地看着我说道：

"我亲爱的朋友，你的轻率行为丝毫无法掩盖可鄙的探头探脑。

不过嘛，我很乐意满足你的好奇心，虽说这事根本不值得让你知道，可还是告诉你吧。希望你能专心致志地听完整个事情的来龙去脉。"

"这块老怀表是我们家族的传家宝，传到我手里已经是第四代了。"他说道，"它最早的主人，也是造它的人，是我的曾祖父博拉姆威尔·巴泰恩。他是弗吉尼亚一个富有的农场主，同时也是个忠心耿耿的亲英派，常常彻夜不眠地筹划着如何漫骂国家元首华盛顿先生，如何帮助和支持英王乔治。有一天，这位高贵的绅士在为自己的事业奋斗时触了大霉头。他进行了一笔重要的资金转移，这被那些利益受损的人说成是非法的。反正，也由不得他为自己申辩。结果是一天晚上，我这位杰出的先辈被一帮与华盛顿为伍的造反派从自己的府里抓走。他被获准和痛哭流涕的家人道别后，在一片茫茫夜色中上了路。从此，他一去不复返，之后的命运如何也毫无线索。战争结束后，我们到处寻觅当年逮捕他的人以及了解他失踪的有关情况，但无论是深入细致的调查还是高额酬金的许诺，均无任何结果。他就这样失踪了，整个事情就是这样。"

这番话并没有引起我的兴趣。但不知为何，我从他的讲话方式中悟出了某种难以名状的东西。于是，我又情不自禁地问："你对这事持何看法？——你觉得公平吗？"

"我的看法？"他勃然大怒，一拳砸在桌上，仿佛正在小酒馆和一群流氓无赖掷骰子,"我觉得,这显然是一次卑鄙的暗杀,而凶手就是该死的叛国贼华盛顿和一帮跟着他造反的乌合之众!"

一阵长时间的沉默。约翰·巴泰恩竭力平息自己的怒气,我在一旁等着。之后,我又问:"就这些?"

"不,还有。在曾祖父被捕的几周后,人们在他宅邸前门的走廊上发现了他的怀表。那块怀表被裹在一张信纸里,纸上写着他的独生子也就是我祖父的名字——罗伯特·巴泰恩。现在我戴的正是这块表。"

约翰·巴泰恩停止了叙述,一双焦躁不安的黑眼睛紧紧地盯着壁炉。炉内炭火熊熊,火光在他眼中折射出两粒红红的光点,仿佛他已忘记了我的存在。蓦地窗外树枝一阵哗啦作响,几乎同时,玻璃窗响起了急雨的敲打声。他这才回过神来。暴雨夹着狂风扑来,不久便传来雨水在人行道上清晰而有规律的拍击。我真不知为何要讲出这一段,但现在回想起来,这段情景多少有些特定的关联和含义,只是我至今仍未将它体会出。可至少它能使整个气氛变得肃穆,甚至神圣。

"我对这块怀表有一种特殊的感情——我很珍爱它,但只喜欢放在身旁,很少戴在身上。这不光是因为分量太重了,还有另外一个连我自己也说不清的原因,那就是每天晚上,即便我根本不想知道时间到了几点,也会产生一种莫名其妙的想看表的欲望。可假如我克制不住,真的打开表盖,从看表的一刹那起,浑身就充满了一种神秘的恐惧感——一种大难临头的恐惧感。而且不管实际时间是几点,只要这只表走得离十一点越近,我的这种感觉就越发强烈,愈加难以忍受。但是,只要这只表的指针走过十一点,无论真实时间是几点,我就完全平静下来,能和往常一样镇定自如地看这只表,如同你看自己的表一样。所以我已经有意识地养成了十一点以前不看表的习惯,无论如何都不看。而今晚你却一再坚持,弄得我多少有点不痛快,仿佛此时我正在犯鸦片烟瘾,而旁边居然还有人进行怂恿和提供方便。

"这就是我的老怀表故事,我叙述的时候尽量照顾到了你的知识浅薄。不过,从今往后,你要是在晚上看到我带着这块该死的老怀表,又体贴入微地问几点了,可别怪我不客气地把你一拳揍倒啊。"

这句诙谐的话没有让我发笑。我能看出,他在讲述自己的妄想举止时又有些忐忑不安。他最后露出的笑容也特别令人难受,目光中比先前含有更多焦躁,而且漫无目的地左顾右盼,一副失魂落魄的模样。我觉得这种状态有时能在痴呆症患者身上看到。或许这只是我的猜想,但我敢肯定,这位朋友正在遭受着一种怪异的多疑症的折磨。我相信在毫不减轻朋友的真诚关切的基础上,还能把他当作一个病人来研究,也许还能取得丰盛的科研成果呢。为什么不能?他的幻想不正有益于科学研究吗?哎,可怜的家伙,他居然还不知道自己能为科学做出巨大贡献,不知道他本人以及他的经历都是很典型的病理资料。当然,只要有可能,我一定会治好他,但首先我得做个小小的心理实验——不仅是实验,这本身也许是治疗的一个步骤。

"约翰·巴泰恩,你的确是个坦诚的好朋友。"我诚恳地说,"我真为你对我的信任感到骄傲。这事确实很怪啊,再给我看看那块表好吗?"

他默默地把老怀表连同链子从马甲上取下,递给了我。表是由金子打造的,厚重结实,雕琢样式罕见。表针已快走到十二点了。我仔细端详表盘,又反过来打开后壳,注意到里面有个象牙盒,盒内是一幅精美至臻的微型画像。这种画像在十八世纪很是风行。

"天哪!"我情不自禁地喊道,"你是怎么把自己画上去的?我还以为象牙微型画像艺术早已失传了。"

"那画的不是我。"他神情严肃地笑了笑,"而是我非凡的曾祖父,已故的博拉姆威尔·巴泰恩先生。那时他年纪尚轻,大约与我年纪相仿。人们都说我和曾祖父长得很像,你认为呢?"

"长得很像?我看该这么说。除了服饰不同——其实,我以为你如此穿着是为了表示对艺术的尊敬或模仿——此外没有胡子,这五官、轮廓、表情,简直画的就是你呀。"

我们再没开口。巴泰恩从桌上拿起一本书,看了起来。外面雨声淅沥,偶尔有人在人行道上匆匆跑过。一阵沉重而从容的脚步声在门前停了下来——我想,大概是某个警察正在门口避雨吧。风裹着树枝,重重地敲打着玻璃窗,听上去像有人叩门想进屋一样。我想起了这块老怀表已经伴随他这么多年,今后要让他过着更理智、更像样的生活。

于是,趁他没留意,我用挂在表链上的老式发条迅速把指针向后拨了整整一个钟头,然后盖上表壳,把表还给他,他又重新放回身上。

我装着漫不经心的样子说:"你刚才说,十一点以后你就不会为这表而烦恼了。既然如此,现在已经快十二点了,如果你不嫌烦的话,就证明给我看。现在就看表吧。"

他开心地微微一笑,把老怀表又取了出来,刚打开盖子,突然惨叫一声,霍地站了起来。那一幕我至今记忆犹新。他的脸色灰白,一对黑色的眼球死死地盯着手中紧攥的老怀表。就这样,他一动不动、一声不响地立了半晌。只听他说:"见你的鬼!差两分十一点!"声音都变调了。

我早已料到他会情绪激动,所以坐在原处未动。"请原谅,想必我刚才对表的时候看错时间了。"

他重重地合上表盖,把表放回口袋,看着我,想竭力挤出笑容,无奈下嘴唇战栗不停,嘴巴怎么也合不拢。两只手也在颤抖,他将其握成拳头,插进短上衣口袋。显然,他正在努力克制自己的懦弱情绪。但是,因为用力过度,他觉得头昏眼花,身子开始摇晃。我正要从椅子上站起来搀扶他,只见他双膝一软,重重栽倒在地。我一跃而起,想搀他起来，但他再也站不起来了。

尸检官无法查明死因，所有身体器官均属正常。但就在下葬前，尸体的脖颈处渐渐现出一圈淡淡的黑晕。这点我敢肯定，因为还有几个人在场。可这个现象实在难以解释。

就我而言，遗传法则也变得更加宽泛。原来，一个人的情感或情绪不仅可以存在于他本人的心中，还能附在几代后的某个人身上。这一点，我以前是不知道的。自然，若要猜测博拉姆威尔·巴泰恩的最后命运，我想他应该是在晚上十一点被绞死的。在此之前，他可以有几个小时来安排身后一切。

而对于做了我五分钟病人的约翰·巴泰恩，我实在无话可说。上帝啊，宽恕我吧！他无形之中成了我的牺牲品。如今他已被安葬，那块老怀表也一起入土了——这些都是我亲眼所见。愿上帝让他和他弗吉尼亚先祖的灵魂都在天国安息吧。只是不知，他们究竟是否真的分属两个灵魂。

林中活尸

1861年的一个秋夜，弗吉尼亚西部的深山老林中，一个男人孤零零地坐在那里注视着前方。这片森林在基特山区，是新大陆最荒凉的地区之一。不过，他的周边倒有不少人，北方联盟军队的营地就驻扎在一英里之外。此时整个军营都安静下来了。离他坐的位置不远处，驻扎着敌人的部队，目前他们尚不清楚这支部队的规模。正因为敌军的兵力、位置等情况都不能确定，所以这个男人出现在这个荒凉的地方。他是北方联盟步兵团的一个年轻军官，任务就是守卫军营里熟睡的士兵，以防敌人突然袭击。眼下他正指挥一支警戒队伍。他让这支队伍在夜幕降临后根据具体的地形分散埋伏在他正前方的几百码之处。

有的在树丛,有的在岩石缝,还有的在灌木堆。每个人都做了伪装,保持沉默,高度警戒。倘若没有情况发生,那么四小时后上尉就会从驻守在他们左后方不远的后备军中组织另一支警戒队伍来和他们换班。在布置好警戒任务之前,我们的故事主人公,也即这位年轻的军官,曾向他的两个中士交代,如果有什么情况必须请示,或者一定要他亲临指挥,就可以到这里来找他。

他选择的位置相当安静——一个废弃的林间小路岔口。昏黄的月光下,两条小路蜿蜒曲折地伸向远方。两名中士就隐蔽在这两条小路上,离整个警戒队伍几步距离。一般来说,警戒队伍并不需要与敌人正面交锋。假如敌人突然袭击,他们就可以迅速后撤到两条小路,再沿着两条小路来到交叉口,进行集合列队。从这些精细的安排,可以看出指挥者是个调兵遣将的能手。倘若拿破仑在滑铁卢战役能如此巧妙地运用谋略,说不定能赢得那场具有纪念意义的战斗,也不至于后来被颠覆了。

确实,布雷纳德·拜林中尉是一名勇敢、能干的年轻军官。不过,对于杀戮自己的同胞,他还显得有些稚嫩。战争刚一开始,他就应征入伍,当了一名列兵。虽说他不谙军事之道,但由于有着良好的教育背景以及杰出的表现,他还是被任命为所在连的上士。后来,南方联邦军队的一颗子弹射中了上尉,上尉丧命,于是他就幸运地被提升到现职，接连参加了几次重大战役，如菲利皮战役、里奇山战役、格林布利亚战役等。但天生不会炫耀，因而没有引起长官的注目。对他来说，激烈的战斗固然惊心动魄，但死者的模样也不堪入目。他们的灰色脸庞，空洞眼神，僵硬躯体——这些躯体均因收缩或膨胀严重变形——确实令他难以忍受。对于死尸，他有一种莫名其妙的反感，这种反感已经超出了通常意义的精神上的或肉体上的厌恶。无疑，这种情形是他异于常人的敏锐造成的——那是对美的强烈感知，而这些丑恶的东西恰恰亵渎了美。无论何时何地，只要看见一具死尸，他就不由自主地产生厌恶，而且厌恶中还含有憎恨。他的眼里根本没有常人推崇的死亡尊严，在他看来这简直不可思议。死亡是一件让人憎恶的事，它没有一点如画的诗意，没有温柔神圣的一面，它只会让人忧悒，产生种种可怕的联想。人们知道布雷纳德·拜林中尉非常勇敢，但不知道在这种勇敢之下还掩盖着对随时可能降临的死亡的恐惧。

在安排了士兵的埋伏地点，指派了中士的职责之后，他就开始在自己的岗位上守夜。他在一根原木上面坐了下来，所有的器官都感到紧张。为了放松，他解开了佩剑的腰带，从枪套里取出笨重的左轮手枪，搁在身旁的原木上面。此时，他感到舒服多了。他仔细听着前方是否传来任何带有威胁意味的响声。一声喊叫，一声枪击，或者是前来禀报消息的中士的脚步声，他均不放过。广袤的天空下，月光如水，到处是看不见的光的海洋。不时有光的溪流在树枝间穿梭，在月桂树丛中荡漾，在地面形成一个个白色小潭。枝叶间透射出斑斑驳驳的光影，周围的一切更显黑暗。在这样的环境下，他发现自己的大脑很容易想象出各种各样奇形怪状的人的模样。有的凶猛，有的恐怖，还有的仅仅是怪诞。

在过去，他也经历了这种黑夜的诡异和深山老林的寂静，因而用不着别人来告诉他，在这样一个别样的世界，连最普通、最熟悉的事物都呈现出不同的风味。树木参差排列，有些像是极其害怕，彼此挨得很近。夜的寂静有别于白天，它弥漫了若隐若现的低语。那是让人惊骇的声音，是漂泊已久的鬼魂的声音。不过也有生灵的声响，换成别的条件下是根本听不到的。不知名的夜鸟在纵情歌唱。小兽发出凄惨的尖叫，可能是遭到敌人偷袭，也可能是发出的梦呓。落叶沙沙作响，可能是老鼠在跳跃，也可能是美洲豹在踱步。树枝为何断落？鸟儿为何发出低缓警觉的鸣叫？远处有不可名状的声响和虚幻的怪影。在阳光和煤气灯下成长的孩子，你对自己所生活的世界是多么陌生。

虽说近在咫尺是荷枪实弹的担任警戒的战友，但布雷纳德·拜林感到十分孤独。此时此地，他笼罩在一种肃穆而神秘的情绪之中，已经全然忘我，不知道自己与这黑夜中的异响奇景有何关联。树林广阔无边，人类和他们的居所早已不存在。整个宇宙像是一个黑暗的奥秘之源，没有形状，没有空隙，而他就是唯一的探索者，孜孜不倦地追求那永恒的奥秘。他沉溺于深思，忘记了时间的流逝。此时，树木之间的白色光影早已移动了位置，形状大小也变换了。就在路边，在路边斑驳的影子旁，他的目光捕捉到一种以前从未察觉到的东西。是的，以前从未见过，他可以发誓。那东西的一半被阴影遮住，但人形依稀可辨！出于本能，他抓住了腰带上的佩剑，接着又拿起手枪。"杀手"的职业让他不得不再次投身于战争的世界。

只见那人纹丝不动。布雷纳德·拜林站起身，握着枪，慢慢靠上前。那人仰面躺着，上半身裹在阴影里，但站在他的身边，俯视他的脸时就能发现——那是一具死尸！他不禁全身战栗，极其恶心地移开目光。当他重新坐到原木上的时候，不顾军人应该有的审慎，划着了一根火柴，点上烟。火焰很快熄灭了，四周恢复了一片漆黑。他的心顿时放松下来，因为再也看不见那个令他恶心的东西了。然而，他还是不由自主地朝那个方向张望。终于，死尸重新变得清晰起来，而且看上去，好像移近了一些。

"见鬼！"他咕哝道，"它究竟想怎么样啊！"

似乎它什么都不想要，除了灵魂。

布雷纳德·拜林转移视线，开始哼唱一首曲子。唱到一个音节的中段，他突然停了下来，忍不住又朝那个尸体看去。尽管它只是安静地躺着，但布雷纳德·拜林还是感到非常恼怒。而且，一种朦胧的不可名状的全新感觉在他脑海里滋生。那不是恐惧，而是一种超自然意识，一种他过去并不拥有的超自然意识。

"我继承了这种超自然意识。"他心里想，"这种意识可能需要上千代甚至上万代才能从人性中产生。那么它究竟产生于何时何地？若要找出答案，也许要追溯到古中亚平原，追溯到所谓人类摇篮的时代。我们作为迷信而继承的东西，在我们的原始祖先看来，却是合情合理的信念。难怪他们依靠一些我们根本无法想象的事实，证明并笃信死人是一种被赋予了奇怪破坏力的邪恶势力，能够发挥某种力量或拥有某种意图。他们还把一些可怕的宗教仪式作为基本教义，恪守此道并通过祭祀来传授，就像当今我们在祭祀里祈求灵魂永生一样。伴随雅利安人的缓慢迁移，以及后来高加索人的遍布欧洲大陆，新的生活环境产生了新的宗教仪式，传统教义中认为死人是恶意的这种想法已逐渐消失，但恐怖的感觉依旧保持了下来，代代相传，如同血肉一般植根于我们的肉体。"

他也不知道这些想法从何而起。在思考这些事情的时候，他又情不自禁地把目光投向那个尸体。此时，它已经完全暴露在月光下。他看到了清晰的轮廓、模糊的下颚、惨白的面颊。它的身上穿着南方邦联军队的灰色制服，外套和马甲都没有扣上，露出了里面的白衬衫。

胸膛挺得很高,腹部却凹陷下去。双臂平展,右膝凸出。在布雷纳德·拜林看来,整个模样像是装出来吓人的。

"啊,他是个演员!"他惊呼道,"他知道怎么装死!"

他决定不再注意这个尸体,于是把目光移向前方的一条小路,与此同时开始重新思索前面那个哲学问题。

"我们中亚平原的祖先可能没有安葬的风俗,这就是他们害怕死人的原因。对他们来说,那的确是一种威胁和邪恶的东西,是黑死病的温床。大人告诫孩子不要去放过死尸的地方,也不要走近死人。我想,这个尸体,还是远离一点为好!"

他刚要站起身,猛然想起曾经交代前方的士兵和后方的军官,任何时候都可以到这里来找他。这事也关系到他的声誉,假如他擅自离开自己的岗位,恐怕别人会说他是因为害怕死人才走的。他绝不是一个胆小鬼,当然更不想引起别人的嘲笑。于是,他又回到原位。为了证明自己的勇气,他还勇敢地盯着尸体看。尸体的右臂离他较远,这会儿又被阴影挡住了。先前还看到的手,也隐匿在月桂树下,几乎看不清。是的,一切都没有改变。不知为何,这个发现让他稍微安心了一些,但他并没有立刻转移目光。事情就是这样,凡是我们不希望看见的东西,都有一种奇怪的吸引力,而且有时这种吸引力是不可抗拒的。这就好比一个用双手捂在眼睛上看人的女人,往往有超乎实际的魅力。

突然，布雷纳德·拜林感到右手一阵疼痛。他低头一看，原来是剑把握得太紧，把手弄伤了。他还注意到自己的姿势极不自然，身子前倾，双腿弯曲，就像随时准备冲上前与人舌战的古罗马辩论家似的。还有，他的牙关咬紧，呼吸急促。所有这些，他很快做了调整。随着他放松肌肉，以及深深地吸了一口气，他感到自己如此敏感实在可笑。后来，他竟禁不住笑出声来。天哪，这是怎样的笑声？哪个鬼怪胆敢这样放肆嘲弄人类的欢乐？他一跃而起，向四周张望，却什么也没发现。原来，那是他自己的笑声！

他再也无法掩饰自己的极度胆怯，无法掩饰自己彻头彻尾的恐惧。于是他拔腿就跑，可是双腿怎么也不听使唤。他战战兢兢地重新坐在原木上面，全身冒着冷汗，脸上湿漉漉的。他想喊叫，却不能出声。显然，身后传来轻轻的脚步声，似乎是某种野兽想偷袭他。但他又不敢回头查看。难道是一种动物？难道是这个没有灵魂的活物伙同那个没有灵魂的死尸一道吓唬他？啊，要是他能确定就好了。但是此时，他无法将自己的目光盯着死尸的那张脸孔。

我得再次声明，布雷纳德·拜林中尉是一个勇敢、聪明的年轻人。但是，在这样一个寂静无人的深夜，有何办法？祖先的怯懦忠告在他的耳边萦绕，沉痛的哀歌在他的心里回响，这一切都瓦解了他的钢铁般意志，怎么还能让他单枪匹马地面对这样一个让人毛骨悚然的尸体？

现在布雷纳德·拜林唯一能确定的就是那个尸体在移动。毫无疑问，它朝有光线的地方挪近了。它的两只手臂也肯定挪动过，瞧，现在都藏在阴影里了！迎面吹来一阵阴冷的风，布雷纳德·拜林头顶的树枝发出呻吟般的摇曳声。摇曳声中，给那个尸体脸上画上了一道浓黑的阴影。阴影来回移动，给那张面孔留下了忽明忽暗、恍恍惚惚的效果。啊，那个尸体显然在移动！这时，从警戒方向传来了一声尖利、清脆的枪响。紧接着，远处又传来更尖利、更清脆的枪声。尽管发射地较远，但人的耳朵同样能够听见。枪声扰乱了军官的思绪，打破了黑夜的寂静，驱散了中亚平原的阴魂。终于，他松了一口气。他大喊一声，站起身，如大鸟扑食一般，开始行动！

此时，前方枪声大作。叫喊声、嘈杂声、马蹄声、欢呼声，声声入耳。后方熟睡士兵的军营里也随之传来号角和擂鼓声。北方联盟的警戒队伍沿两条小路迅速撤退，一边跑一边向后胡乱扫射。其中一条小路上的几个掉队士兵按照命令跃入灌木丛，但遭到五十来个吼叫的骑兵的乱刺猛劈。这些骑兵一个劲儿地往前冲，边喊边开枪，经过布雷纳德·拜林坐的地方，然后消失在小路岔道口的转弯处。片刻之后，火枪射击声响了起来。他们遇到了北方联盟的后备军，只好往后撤退，却陷入可怕的混战之中。到处都是遗弃的马鞍，许多受伤的战马倒在地上痛苦地呻吟。一场前哨战就这样宣告结束。

警戒士兵重新集合、点名，掉队的也纷纷归队。北方联盟部队的指挥官带着几个衣冠不整的副官走了过来。他们装作非常明智的样子向士兵问了几句话，就离去了。军营士兵荷枪实弹站了一个小时，之后做了几声祷告，上床歇息。

第二天一早，上尉在一名中士的陪同下率领疲乏的队伍在激战现场搜寻死伤者。在靠近岔道口的地方，他们发现两具尸体紧挨在一起。一个是北方联盟军队的军官，另一个是南方邦联军队的列兵。军官的心脏部位挨了一刀，列兵身上的致命伤口也不下五处。军官卧在血泊里，背心还插着一柄剑。士兵们把他的尸体翻了个面，中士随之把剑拔了出来。

"天哪！"上尉惊呼道，"是拜林！"然后，他朝另一具尸体瞥了一眼，"他们一定打得很厉害。"中士仔细地查看那柄剑。没错，是联盟步兵团长官的佩剑，和上尉的一模一样。事实上，这柄剑确实是布雷纳德·拜林的。他们还在他的腰带上发现了一把没有上膛的左轮手枪。

中士放下剑，走近另一具尸体。他被砍得惨不忍睹，可奇怪的是，地上竟然没有一滴血！中士拉住尸体的左脚，竭力把他的腿伸直。尸体隐隐约约发出令人作呕的味道，好像以此来抗议人们随意搬动他的身体似的。他的身上有几只蛆虫，笨拙地爬来爬去。

中士和上尉面面相觑，无言以对。

复仇冤魂

一

众所周知,曼顿老屋在闹鬼。在附近所有乡村地区,甚至一英里外的马歇尔镇,只要没有偏见的人都对此深信不疑。持怀疑态度的只有那些固执己见的人,如果马歇尔镇的《先锋报》里出现"怪人"这一词的话,那就是在说他们。闹鬼之说得以证实,一是因为有人曾亲眼看见;二是那间屋子本身就奇奇怪怪的。能言善辩的人总能找出许多理由对人们所说的进行驳斥,人们所看到的一切却真实地摆在那里,毋庸置疑,摄人心魄。

首先,曼顿老屋已空置了许多年,外墙也慢慢濒于倒塌——任何见过这所房子的人都不会忽视这一点。马歇尔-哈里斯顿路有一段最为偏僻的地方，曼顿老屋就坐落在这块偏僻之地的外围。这一带曾是个农场，地上仍残留着一些破烂不堪的栅栏条；因荒芜许久，很多石块露了出来，恣意蔓延的刺藤覆盖了农场一半的面积。虽然饱经风吹雨打，无人照管，屋子本身倒还没受太大的损害，只是窗户亟须修理，但本地玻璃工太少，并且都以各自的理由明确表示不乐意维修空房。房子是两层小楼，几近方形，前部突出，两侧各有一个门廊，顶上都有扇天窗，窗户上方没有东西遮盖，阳光、雨水能通过窗户到达楼上的房间。房子四周杂草丛生，相当茂盛，其间种着几棵绿荫树，可能是狂风猛吹之故，这几棵树都歪向一个方向，仿佛协商一致，随时准备奋力逃跑。总之，就如马歇尔镇的幽默作家在《先锋报》的专栏中解释的那样："曼顿老屋闹鬼厉害这一命题是从各种假设中得出的唯一合理结论。"十多年前的一个晚上，就在这屋子里，曼顿先生一气之下割断了他的妻子和两个小孩的脖颈，之后迅速逃往他乡。这件事无疑会把公众的注意力引来，关注此屋的鬼怪现象。

夏天的一个晚上，一辆马车载着四个人来到老屋前，其中三个很快跳了下来，赶车的那个把马拴在树桩上——那是根唯一立着的栅栏条，还有一个坐在车上不肯下来。这时，有两个人已向老屋走去，"过来，"一个同伴向他走过去，"我们已经到地方了。"

那人却并未移动,"天啊!"他嗓音沙哑地喊道,"这是个骗局,我觉得你被骗了。"

"也许我受骗了,"同伴直盯着他的眼睛,带着轻蔑的语气说,"但是你记着,他们选择这个地方时你也是同意的。当然,要是你怕鬼的话……"

"该死,我什么都不怕!"那人打断同伴的话,跳下了车。他俩来到门前与其他两人会合,其中一个刚费劲地打开门,因为锁和铰链都已锈住了。四个人一道走了进去。里面漆黑一片,开门的人摸出蜡烛和火柴,点亮了蜡烛。其他人在过道处停了下来,开门的人打开右边的门后,大家走进了一间宽大的正方形房间,烛光在里面显得非常微弱。地上落了厚厚的一层灰尘,掩盖了他们的落脚声,蜘蛛网布满四周的墙角,从天篷上悬挂下来,仿佛条条腐烂的布带,在生人闯入的气流中微微晃动。正屋相邻的两侧有两扇窗户,但透过任何一扇窗户向里看,都只能看见下面玻璃几英寸内侧粗糙的表面,其他就什么也看不见了。屋里没有家具,除了四个不属于这间屋子的人外,就只有蜘蛛网和灰尘了。

在发黄的烛光中,四个人显得很怪异,那个不情愿下车的人尤为突出,也许可以说他的表情非常紧张。他是个中年人,体格健壮,双肩宽厚。每个人只要看了他的体形就会说他力大无穷,看了他的面貌就会说他像个巨人。他的脸刮得很干净，平头剃得很短，额头微微下垂，上面爬满了皱纹，鼻子上全是竖纹，两道浓黑的眉毛横在眼睛上方，相对平射，眉心冲上；双眼的颜色在微弱的烛光下难以分辨，但眼眶显然太小了，从中流露出令人生畏的眼神；一张令人恐怖的嘴，下巴很宽，鼻子长得倒是非常端正，让人无可挑剔。他的脸上尽是邪恶的表情，诡谲的苍白面色使这种表情更为突出——他看起来毫无血色。

其他人的表情都相当平常，就像在大街上碰到又忘掉的人群。他们当中年龄最大的也比刚才这人年轻，他站在一边，脸上的表情明显不是很友善。大家都不去看对方。

"先生，"拿着蜡烛的人说，"我相信一切都很正常，罗塞先生，你准备好了吗？"

站在他们一边的那个人笑着鞠了个躬。

"你呢，格罗·史密斯？"

壮汉皱着眉也鞠了个躬。

"请你们把外面的服饰脱下来。"

他们很快脱下帽子、外套、马甲还有围巾，将它们统统扔到外面。手持蜡烛的人现在点了点头。第四个人——就是催格罗·史密斯下车的那个人——从外套口袋中掏出长长的两把单刃猎刀，他将刀拔出鞘，无疑它们就是杀人凶器。

"两把刀一模一样。"他说着,递给每个人一把——到这时即使是最笨的读者也知道他们来这儿的目的:要进行一场生死决斗!

两个决斗者各自拿着一把刀,在烛光下把刀放在膝盖上方仔细检查,看刀刃是不是锋利,看刀柄是否顺手。他们都轮流由对方的助手进行搜身。

"如果感觉不错,格罗·史密斯先生,"手持蜡烛的人说,"请站到那个角落里。"他指的是离房门最远的那个角落。格罗·史密斯退到那里,他的助手在他走开时同他握了一下手,发现他的双手冰凉。罗塞先生站到离门最近的角落,他的助手跟他小声嘀咕了几句便走到门边,和另一个人站在一起。就在那时,蜡烛突然熄灭了,所有的一切都淹没在伸手不见五指的黑夜之中,可能风从敞开的门刮了进来。但不管是什么原因,大家都感到毛骨悚然。周围环境发生突变,人的精神一下子无法适应,只听黑暗中响起一个非常陌生的声音:"先生们,等听到外面的门关上后再开始行动。"

一阵急促的脚步声过后,里面的门关上了,最后外面的门也随着一声巨响关上了,整个屋子都被震得乱晃。

几分钟后,一个仍在夜色中匆忙赶路的乡下小孩看到一辆马车疯狂地向马歇尔镇奔去。他说前排坐了两个人,身后坐着一个人,他的手放在其他两人耸起的肩膀上,这两个人好像竭力去摆脱束缚,却始终摆脱不掉。与其他两人不同的是，这个人穿着白衣，肯定是在马车经过鬼屋时跳上去的，因这个小孩能夸口说出以前发生过的一些大事，并能说出哪里闹过鬼，通过专家证明，他的话就相当可靠了。这件事，连同第二天发生的一系列事，经过少量的文学加工，最终刊登在《先锋报》上，结尾还通告说，愿让那些涉事者在本报的专栏上说说他们那天晚上的冒险经历，但一直没有人来享受这一特权。

二

决斗的起因其实很简单。一天晚上，马歇尔镇上的三个年轻人金、桑切尔和罗塞闲坐在乡村旅社的阳台上，讨论着像他们三个这样有教养的南方乡村青年应该怎样去找点乐子。旁边坐着一个人，静静地听他们讲话。三个人都不认识他，只知道他是当天下午坐公共马车过来的，旅社登记簿上写的名字是格罗·史密斯。除了跟旅社办事员说过几句话，他很少与别人搭腔，好像只喜欢独来独往——或者说，像《先锋报》说的那样"完完全全只与魔鬼相伴"。但公正地说，这个陌生人不知道报社记者本人有相当大的交际癖好，不会公正地去评价一个有特殊天赋的人，何况他在采访时遭到格罗·史密斯的婉言谢绝。

"我痛恨女人身上有任何残缺，"金说道，"不管它是与生俱来的还是受伤后带来的。我相信任何肢体上的缺陷都会导致心理上和道德上的缺陷。"

"那么，我想，"罗塞郑重其事地说，"一个鼻子上存在着道德心理缺陷的女人要成为金先生的夫人肯定是要费很大周折的。"

"当然你可以这样说，"金回答道，"但是，说真的，我曾甩掉一个非常迷人的女孩，因为我无意中发现她被截去了一只脚趾。也许你会说我的做法有点残忍，可是如果我娶了那个女人，我一生都不会快乐，她也会活得很悲惨。"

"但是，"桑切尔微微笑了一下，"她嫁了个比你开明的人后，却被割断了喉咙。"

"啊，你知道我讲的人是哪个？是的，她嫁给了曼顿先生，但我并不知道他开明不开明，我不敢确定他割断她的喉咙是因为他发现她缺少女人身上应具有的一样东西——右脚中趾。"

"看那个家伙！"罗塞盯着那个陌生人低声说道。

"那个家伙"明显在认真偷听他们讲话。

"该死，真没礼貌！"罗塞嘟囔道，"我们该怎么对付他？"

"很简单。"罗塞站了起来。"先生，"他向那个陌生人喊道，"我想你最好还是把你的椅子搬到阳台另一个角落去，在座的几位先生你都不熟悉。"

那人跳起来，脸都气白了，他握紧双拳向他们大步走来。所有的人都站了起来。桑切尔走到这几个好斗者中间。

"你脾气太坏了,还不公正。"他对罗塞说,"这位先生又没做什么,你不该这样说他。"

但是罗塞并无一句悔改之言。根据当时本地的风俗习惯,这种争执就只有一个办法来解决了——决斗。

"我要和他进行公平决斗。"陌生人已平静了许多,向桑切尔鞠了个躬说道,"先生,这里我一个熟人都没有,也许您可以做我的代表。"

桑切尔答应了下来——明显有点不愿意,因为他不太喜欢陌生人的外表和态度。金在他们说话的时候一直盯着陌生人的脸,并且一言不发,他现在点了点头,算是替罗塞答应了下来。既然解决问题的方式已定,他们就开了个会安排第二天晚上要怎么做。怎么安排我们都知道了:在暗屋子里用刀子进行决斗,这曾是西南部地区较为普遍的现象,现在好像又要发生了。这种我们即将看到的决斗下的残忍被所谓的"骑士品质"掩盖了,但这层掩盖是多么浅薄啊!

三

在盛夏正午阳光的照耀下,曼顿老屋一改往日风格,仿佛又回到了人间,充满了尘世气息。炙热的阳光全然不顾它的坏名声,热情地洒在它的身上。屋子前面青草葱葱,虽非茂密丛生,却是自然繁衍,生机盎然，杂草丛中，繁花点点。遮阴树原先一直为人所忽视，此刻光影相映，充满魅力；许多鸟儿停在树上，叽叽喳喳地唱个不停。阳光下，这些树不再像以前那样奋力想逃，伴着鸟儿欢快的歌声，恭敬地弯下身子。楼上的窗户虽没有玻璃，却因有阳光透过显得平和而又宁静。屋旁的田地里石块很多，层层热浪在上面翻滚，与阴郁的鬼怪现象一点都不相称。

这就是治安官亚当斯和其他两个人看到的景象。他们走了很远的路到马歇尔镇来看这栋房子。其中有一位姓金，是个副治安官；另一位是第二任曼顿夫人的弟弟，叫布鲁尔。根据本州财产继承法有关规定，房主弃房外出一段时间后，如房子归属无法确定，治安官就自然成为房子及其他一切附属财物的法定监护人。亚当斯现在是曼顿农庄的监护人，他此次来只是按照法律程序随便看看，因为布鲁尔先生想继承他死去的姐姐的这份财产。当天晚上，副治安官金因为其他非常特殊的原因曾打开过屋门，而这次参观安排在第二天，这完全是出于巧合。现在他到这儿来并非出于己愿：他奉命陪同他的顶头上司来看看，那时他想不起更好的理由来推辞，便索性痛快应允，一同前来。

治安官漫不经心地去开前门，却发现门并没有上锁，这很出乎他的意料，更让他震惊的是，他看到一些男人的衣服零乱地堆在过道里。他仔细一瞧，发现有两顶帽子、两件外套，以及马甲和围巾等，它们都没有破损，只是因为地上的灰尘显得有点脏。布鲁尔先生也很震惊，金先生却面无表情。治安官对他的发现很感兴趣，便拨开门闩，推开了右边的门。三个人一道走了进去。屋子里明显是空的——不！等眼睛适应了微弱的光线后，他们发现最远的墙角处隐隐约约有样东西。那是一个人的影子——像是紧紧地蜷缩在那儿。刚跨过门槛，他们就感觉有点不对劲，此时便都停了下来。"影子"越来越清晰：他单膝跪地，背部缩进墙角里面，双肩上耸，与耳相齐；两手掌心向外，摆在脸前，手指弯曲着向外伸展，如同爪子一般；脖子缩了进去，面朝上方，脸色苍白，带着一种无法描述的恐惧表情；嘴半张着，双目圆睁。他已经死了！可是，除了一把明显从他手中滑到地下的单刃猎刀外，屋子里就什么都没有了。

门边及沿墙的过道上积了一层厚厚的灰尘，上面有些零乱的脚印。两堵墙相互毗邻，其中一堵墙角边留有这个人的脚印，它们从一扇已被封起来的窗户下面，向他现在所在的墙角处一路延伸过去。出于本能，三个人顺着这串脚印走到这个人面前。治安官抓起他的一只手臂，感觉像根硬铁棒。这一用力虽未改变尸体所处的位置，却使得整个尸体都晃动起来。布鲁尔吓得脸色煞白，直盯着死者那张扭曲的脸。突然间，他喊了起来："仁慈的上帝啊！是曼顿！"

"你说对了！"金故作镇定，"我认得曼顿，那时他还留着络腮胡子，头发也很长。是他，没错！"

也许他还应该补充点："曼顿向罗塞挑战时我就认出他了。在我们玩这场可怕的游戏之前，我已告诉罗塞和桑切尔他究竟是谁。罗塞昨晚跟着我们离开这儿时，兴奋得忘了带走穿在外面的衣物，只穿着长袖衬衫和我们一道驾车跑了——整个过程中我们都知道自己在对付谁，一个杀人犯，一个懦夫！"

但这些金先生一点都没有提。与其他两人相比，他知道的情况多一些，因此想查出此人的神秘死因。他为何不离开原先站的角落？为什么他的姿势既非进攻又非防守？他的武器又为何会掉在地上？他肯定是看到了一些可怕的东西，因恐惧而死，这又是为何？——这些情况扰乱了金先生的思绪，他想不明白。

他一边在黑暗的智力迷宫中摸索，想找到一条走出去的路，一边机械地向下看去，仿佛在独自考虑许多重大事情。尽管是大白天，尽管有两个活人相伴，他看到的东西还是让他感到万分恐怖。地上沉积多年的厚灰上有三行并列的脚印——从他们进来的门那儿向前延伸，横穿过整个房间，一直到曼顿蜷曲的死尸前一步之远停了下来——而且脚印很浅，明显是赤足留下的，外面的是一些小孩子的脚印，里边的是一个女人的。脚印朝着同一个方向，到这儿就没有了，但也没有往回走的痕迹。布鲁尔的身子前倾，表情专注，仔细观察着那些脚印，脸色像死灰一样苍白。"快看！"他大声叫道，双手同时指着离他最近的一只女人右脚印。显然，这女人在此停留过，脚印异常清晰。"上面缺少中趾，是格特鲁德的脚印！"

格特鲁德是曼顿的最后一位夫人，也就是布鲁尔的姐姐。

不速鬼客

　　黑暗笼罩四野，篝火将尽，火光黯然。这时，夜幕中走来一个人，兀自在一块石头上坐了下来。

　　"你们并不是第一批来这里探险的。"他一本正经地说，声音低沉而粗哑。

　　我们对他的这句话并无异议，因为他本身就是个很好的证明，他不是我们这一伙儿的。我们来此宿营时，想必他早已在此了，而且不远处，肯定有他的同伴，要知道此地绝非是孤身一人能闯荡的地方。一个多星期过去了，我们能看到的活物，除了我们自己和给我们驮东西的马，就只有响尾蛇和角蜥了。在亚利桑那州的荒漠中，谁也别指望同这类东西共同生存下去。要生存必须有驮东西的马或牛，有各种供给，有武器——一句话，要有全套的装备。而这一切都意味着必须有同伴。我们满腹狐疑，这个不速之客的同伴属于哪一类人？他所说的那种充满挑衅的话又是居心何在？我们六个业余冒险家不由得一下子坐了起来，抄起了家伙——此时此刻我们无非是想看一看他会作何反应。而这个不速之客对我们的所作所为竟然无动于衷，依旧不慌不忙地做他的讲演，语调和刚才一样，还是呆板无味、一成不变。

"三十年前，拉蒙·加列戈斯、威廉·肖、乔治·肯特和贝里·戴维斯，这四个图森人翻越圣卡塔利娜山，沿国家界定的边疆线，朝正西开始了探险。我们一边勘察，一边忖量，如果这次探险一无所获，那我们就蹚过希拉河到大本德去，听说它的周边地区有个居留地。对于这次远行，我们可以说是装备精良，就是少个向导，整个队伍只有我们四个人：拉蒙·加列戈斯、威廉·肖、乔治·肯特和贝里·戴维斯。"

他又重复了一遍这几个人的名字，语调缓慢，但吐字非常清晰，像是要把它们铭刻于我们这些听众的记忆中似的。此时，我们都在观察着他，每个人都屏气凝神，非常专注。但一听到这些名字我们就产生了几分恐惧，说不定他的同伴们正待在黑暗的某个角落里窥探着我们呢。四周一片沉寂，茫茫黑夜宛如一堵高墙将我们围得严严实实。这个人跑来讲述他过去的历史，完全是自愿。从举止上看，他也没有什么不良居心，他不像敌人，倒更像个精神病人，自然，绝对与人无害。要知道，我们对这片土地并不陌生，曾经看到过很多居住在这里的边疆人生活孤寂，行为古怪，并且这种古怪常常被误认为是精神失常。人就像一棵树一样，若立在浩瀚之林，在同类和自身禀性的作用下，他会竭力生长；但若独立旷野，他就会向周围的压力屈服低头，弯曲变形。当我从帽檐的阴影下观察这位不速之客时——为了挡住火光，我把帽檐拉得很低——这种想法总是在我脑子里打转。显然这是个愚蠢的家伙，然而他待在这沙漠腹地又想干什么呢？

既然讲了这个故事，我想描述一下这个人的外貌是再自然不过的事情了。但奇怪的是我发现自己对此竟毫无把握，因为过后我们对他的衣着和长相各执一词，意见不一，并且当我想写点本人对他的印象时，竟也无从下笔。讲故事嘛，每个人都能讲得不错。叙述是人类最基本的能力，但是要作一番描写却不得不靠点儿天赋了。

没人插话，他继续往下讲：

"当年，这个地方与现在大不一样。希拉河和墨西哥湾之间没有牧场。山里多少有些猎物，也有几处泉眼，尽管不多，但光这几处泉眼边上的青草也足以养活我们的马，不至于让它们饿死。如果我们就这样足够幸运，碰不上印第安人的话，完全可以穿过这片沙漠。但一周之后，我们这次探险的目的改变了，不再考虑挖掘什么财富，保命成了我们的头等大事。我们已经走出了很远，半路折回是不可能了，因为前面的一切不见得会比后面的糟糕。所以，我们就头也不回地继续前进。晚上，我们扬鞭策马，驰骋前行，为的是能躲开印第安人和无法忍受的高温；白天就销声隐迹，极力藏身。有时，随身带的野兽肉吃完了，水喝光了，我们只得忍饥挨饿地过上几天。然后，若能在干涸的河底找到一处泉眼或水洼，那么我们便可以恢复体力和神智。这样我们可以猎捕一些同样来此觅水的野生动物做食物。有时是头熊，有时是只羚羊，有时是一只丛林狼或是一头狮子——总之，一切看上帝的赏赐。

"一天清晨，我们正在山上找路，准备穿过山坡，结果遭到了一伙阿帕切印第安人的袭击。原来，他们顺着我们的足迹爬上了山坡——那山坡离这儿不远。当得知他们的人数是我们的十倍时，他们就一改往常的胆小怯懦和消极防御，以最快的速度向我们猛攻，一边开火，一边还大声地叫嚷。看来，与他们硬拼是不行了。我们就拍打着马，硬逼它们向上爬。这些马早已疲惫不堪，但我们为了活命，就逼着它们往上走。最终，我们到了山坡一侧有灌木丛的地方，马实在是爬不上去了，我们就翻身下马，躲入了灌木丛，结果把全部的装备都扔给了敌人。但是我们的枪还在，人也还在，我是指四个人：拉蒙·加列戈斯、威廉·肖、乔治·肯特和贝里·戴维斯。"

"还是那帮该死的家伙！"我们一行人里最幽默的一位老兄插了一句话。这人是从东部来的，根本不懂什么社交礼仪。我们的头儿冲他做了个反对的手势，他极不情愿地停了下来。只听这位不速之客仍在继续高谈阔论：

"那帮野蛮人也下了马，有些还跑上了山坡，到了我们下马的地方，把我们的退路切断了，逼得我们不得不一直往山顶爬。更倒霉的是，灌木丛只有很短的一段，再往上就是空地了，没有任何遮掩物。我们爬到空地上时，开了十几枪，阿帕切人也回敬了几枪，不过匆忙之中他们没有打中我们。这完全是上帝的旨意，是上帝让我们活了下来。我们顺着斜坡再往上爬，大约爬了二十英尺，在灌木丛的边上，有一处陡直的哨壁，哨壁上有个小洞口，正对着我们，我们就钻了进去。里边是个洞穴，有一间屋子那么大。在这儿，我们总算可以安全一阵子了，因为只要有一个人拿支连发步枪守在洞口，就能对付山下所有的阿帕切人。但是，对于饥渴，我们却束手无策，可谓勇气尚存，希望已逝。

"在这以后，我们没看到一个阿帕切人。但沟谷里的缕缕青烟和点点火光说明他们还在那儿，说不定他们正端着枪，在灌木丛边上日夜监视着我们呢。如果我们突围，不出几步必定成为他们的枪下鬼。如此我们只能待在洞内。就这样，我们轮流放哨，坚持了三天。最后实在是无法忍受饥渴,到了第四天早晨,拉蒙·加列戈斯说:'先生们,我不信上帝,也不知道什么东西能取悦他。我一直不信教,也不了解你们的宗教。先生们,如果我这样说让你们反感,那就请你们原谅。但是我觉得,再也不能这样等下去了,该做出点儿反应,让那帮阿帕切人瞧瞧了。'

"他跪在岩石板,用手枪抵住自己的太阳穴。'圣母玛利亚,请将我——拉蒙·加列戈斯——的灵魂带走吧。'

"他就这样离开了我们——威廉·肖、乔治·肯特和贝里·戴维斯。

"我是他们的头儿,该我说话的时候了。

"'他是个勇敢的人,'我说,'他知道什么时候死,怎么样死。因饥渴而发疯,或者被阿帕切人的子弹打死,被他们活活剥皮,这些都是很愚蠢的,并且很不体面。所以让我们也跟拉蒙·加列戈斯一起死吧。'

"'好!'威廉·肖说。

"'好!'乔治·肯特说。

"我把拉蒙·加列戈斯的手脚放平,在他的脸上盖了块手绢。这时,威廉·肖说:'过一会儿,我也要这样。'

"乔治·肯特说他也要这样。

"'会的,'我答应道,'让那群印第安红鬼等上一个星期吧。威廉·肖、乔治·肯特,你们拔出枪来,跪下。'

"他们都拔出枪跪了下来。我就站在他们面前。

"'全能的上帝,我们的圣父。'我说。

"'全能的上帝,我们的圣父。'威廉·肖说。

"'全能的上帝,我们的圣父。'乔治·肯特说。

"'请宽恕我们的罪。'我说。

"'请宽恕我们的罪。'他俩说。

"'接受我们的灵魂。'

"'接受我们的灵魂。'

"'阿门。'

"'阿门。'

"我把他们靠着拉蒙·加列戈斯摆好,又用手绢把他们的脸盖上。"

讲到这儿,篝火那边儿立刻骚动了起来。我的一个同伴"嚯"地站了起来,举起了手枪。

"那么你呢?"他冲着这位不速之客大声喝道,"你怎么逃了?你还敢活着,你这个胆小的东西。无论如何我都要把你打死,送你去见他们。"

接着,我们的头儿一下子跳了起来,像头豹子似的冲了过去,一把抓住了他的手腕,喝道:"放下,萨姆·扬特西,把枪放下!"

这时,我们全都站了起来,只有这个不速之客还坐在原地,纹丝不动，面无异样，视若无睹。不知谁走过来抓住了扬特西的另一只手。

"头儿，"我说，"好像有点不对劲儿。这家伙要么是疯了，要么是在撒谎，可能他只不过是个十足的谎言家，那么扬特西根本没有必要打死他。如果他和他们是一起的，那么他们总共就有五个人，但其中一个人的名字，可能是他自己的名字，他根本就没提。"

"是啊，是有些不对劲儿，"我们的头儿一边说，一边松开了扬特西。扬特西坐了下来。"好多年前，"头儿继续说，"人们在那儿的洞口发现了四具白人的尸体，尸体都被剥了头皮，还被惨无人道地肢解了。他们就埋在那里，我还亲眼见过那些坟墓，等明天我们都上那儿看看。"

这时，这个不速之客站了起来。他的身形在昏暗微弱的火光中显得异常高大——我们这群人都只顾屏息听故事去了，忘了给篝火填柴，火快要灭了。

"不，只有四个人，"他说，"拉蒙·加列戈斯、威廉·肖、乔治·肯特和贝里·戴维斯。"

他把那四个人的名字又重复了一遍，说完消失在了茫茫黑暗里。这时候，我们负责放哨的那个人大步流星地跑了回来，手里紧握着枪，看上去有些激动。

"头儿，这半个小时里，那边山顶上一直站着三个人。"他边说边用手指着不速之客离去的那个方向，"有月亮，所以我看得很清楚。他们都没带枪,我就用我的枪瞄准他们,想把他们赶走,但他们没走,弄得我神经紧张兮兮的。"

"好,快回去,放你的哨吧,等看到他们再说!"头儿吩咐道,"还有你们,都给我躺下,否则我把你们全都踢到火堆里去。"

放哨的骂骂咧咧地去了,也没再回来。我们都在铺毯子,准备睡觉,这时扬特西愤愤地说:"头儿,那你认为那帮该死的家伙会是谁呢?"

"拉蒙·加列戈斯、威廉·肖、乔治·肯特。"

"那贝里·戴维斯呢?我真该打死他。"

"多此一举!你还能让死人再怎么死?快去睡你的觉吧。"

幽灵情思

多年前，我从香港去纽约，途经旧金山，在那儿逗留了一周。我离开旧金山已经很多年了，其间我在东方的投资意外地顺利兴旺，于是就成了富翁，因而我得以再访祖国，重续故交。在那些魂牵梦绕的少年朋友中，我最希望见到的是莫恩·丹皮尔。丹皮尔是我的老同学，曾和我通过信。正如一般男士之间通信那样，我们的通信时断时续，到后来也就完全停止了。或许，你也有过这种感受：当你要写一封纯属寒暄客套的信函时，那种不情愿的感觉有时会强烈到远远超过你和收信人两地距离的地步。这似乎是一条规律。

在我的记忆中，丹皮尔英俊强壮，喜欢钻研，但是讨厌工作。至于财富和许多世人喜好的东西,他显然都漠然置之。毕竟,他所继承的财产足以使他衣食无忧。他出身于国内一个十分古老而高贵的家族。我想可能是出于骄傲,他们的家族当中从无一人为经商、从政或为荣誉所牵累。丹皮尔有点伤感,而且分外迷信,致力于各种玄奥的研究。所幸的是,他还算清醒,不至于被种种危险的邪说所迷惑。他毫不畏惧地闯入那个虚幻的领域,却没有放弃另一领地的居留权。虽然这一领地我们也只是部分地探索过,尚不完全清楚,但我们仍乐意称之为真实。

我去拜访他的那天夜里,寒风凛冽,大雨滂沱。那时加利福尼亚州正值寒冬。街道上冷冷清清,无边无际的雨幕急遽落下,飞溅起水花。阵阵疾风倏忽而至,卷着暴雨,怒吼着扑向房屋。出租车司机花了很大力气才找到丹皮尔的寓所。那一带地处郊区,一片荒凉,极其偏远。他那幢临海而建的房屋,奇丑无比,刺眼地立在庭院正中。在阴暗的夜幕中,我走近了庭园,立刻发现那里没有草地和花坪。寂寥的几棵树木在暴风雨的肆虐下痛苦地扭拧、呻吟,似乎要竭力逃离那里的阴郁,去海上另觅更好的安身之处。房屋有两层高,由砖头砌成,一侧有个高出一层的塔楼。唯一能看到的光点是从塔楼上的一个窗子中透出来的灯光。在我匆匆地奔向门口时,冰冷刺骨的雨水往我背上浇下。看着此地阴森恐怖的外观,我不禁战栗了。

我曾写信告知我有意拜访，丹皮尔在复信中写道："无须揿铃，开门上楼即可。"我照办了。第二段楼梯顶部亮着仅有的煤气灯的昏暗亮光。我小心翼翼地登上楼梯平台，门是开着的，我走了进去。塔楼的那个房间是方形的，亮着灯。丹皮尔穿着睡袍拖鞋，迎上前来。若是先前我还以为受到冷遇的话（不如说在前门时，我有了这个念头），那么看到他的第一眼时，这个想法顿时烟消云散了。

他变了，未过中年，头发已经全白，背弯腰驼，形销骨立。他的脸上毫无血色，刻着深深的皱纹，眼睛却出奇的大，闪烁着堪称怪异的光芒。

他招呼我坐下，奉上雪茄，恳挚地告诉我，见到我是何等的欣喜。接着，他谈了一些无关紧要的事情，可我却一直为他的巨变感伤不已。他一定觉察到了。倏忽间，他粲然一笑，说道："你对我失望了。"然后，他又说了一句拉丁文，"我不再是昔日的我了（non sum qualiseram）。"我简直不知该如何作答，最后才说："哦，真的，我不知道，你的拉丁文还和以前一样好。"

他又喜形于色，说道："不，拉丁文虽不再是日常中使用的语言了，但它仍有一定的生命力。但是请耐心等候，我即将去的地方，或许会有更精确的语言。你愿意获悉一二吗？"

他说话时，脸上的微笑渐渐消失了。说完之后，他凝视着我，脸上严肃得令人难以忍受。可是我不愿意陷入他的苦恼，也不愿意让他察觉，他对于死亡的预知让我困扰之至。

我说："相信离人类的语言不能满足我们需要的时候，还有很漫长的一段时间。况且到那时，我们已经不再需要语言，也无法使用语言了。"

他没有回答，我也一言不发。谈话已颇有萧疏之势，可我又不知道如何让交谈变得惬意一些。有一段时间，风暴停歇了，四周呈现死一般的沉寂，这沉寂和先前的喧嚣同样骇人。蓦地，在我身后的墙上响起一记轻轻的敲击声。那应该是手指轻叩的声音，但是跟敲门声截然不同，就像是约定的信号，表明某个人已经在毗邻的房间了。据我猜测，大部分人曾借助过诸如此类的传达方式进行联络，其意义不言自明。我瞥了丹皮尔一眼。这一瞥中或许有些取笑之意，他却没有察觉，似乎忘却了我还在场，呆呆地瞪着我身后的墙壁。他眼中的神色难以尽述，但至今那神情仍历历在目。鉴于情形尴尬，我起身要离开，此刻他仿佛才恢复了神志。

他说："请坐。什么也没有，那边没人。"

但是那边再次传来了清晰的轻叩声。

我说："请原谅。天色太晚了，我可以明天再来吗？"

他微微一笑，在我看来那笑容有点呆板。他说："你很体谅人，但完全用不着离开。真的，这是塔楼内唯一的房间。墙那边没有人。至少——"丹皮尔打住了话头，站起身，支起了墙上唯一的窗子。声音仿佛就是从墙壁那边传来的。他说："你来看。"

我一时也不清楚自己该怎么做，于是随他走到窗前，向外望去。外面又是大雨倾盆。不远处街灯的亮光足以穿透黑暗的雨幕，让我能清晰地看到"墙那边没有人"，实际上除了塔楼光秃秃的墙壁之外，什么也没有。

丹皮尔关上窗子，示意我坐下，他也坐到原来的位子上。

敲击声本身并不神秘，可以有多种解释（虽然我一种也想不出）。看来，丹皮尔的举动，无非想表明并竭力使我确信那敲击声非同寻常。正因为如此，我才觉得奇怪，但他保持缄默，令我感到恼火。

我用多少带点讥讽的口吻说道："老兄，不管你有什么癖好，藏匿了多少为伴的小鬼，都与我无关。我是个凡夫俗子，小鬼丝毫不会有助于我获得安宁。我要去旅馆了，那儿还有和我同来的血肉之躯呢。"

这番话听起来绝非礼貌，但他毫不介意，挽留说："请你留下来吧。你留在这里，我将不胜感激。这个声音我已经听到过两次了。现在我知道这并非我的个人臆想。你要知道，这一点对我来说很重要。请再抽一根雪茄，耐心地听我讲这个故事。"

雨继续下着，发出低沉、单调的滴嗒声。不时地，随着阵风骤起，树梢间传来凄厉的飒飒声。夜已经很深了，可是出于同情和好奇心，我愿意听丹皮尔讲述事情的由来,自始至终都没有打断他。

"十年前,"他开始说,"在城市另一端一个叫林肯山的地方,有人建了一排住宅,房屋彼此外形相似。我租用了其中一幢房子。那一带曾经是旧金山最繁华的地区,但近年已经逐渐变得衰落。衰落的原因,除了房屋质朴的建筑风格不再受到富人青睐之外,还在于某些公共设施的修缮破坏了原有的风貌。我居住的那排住宅离街道稍远一些,每幢房子前面有个小花园,并且围有低低的铁栅栏,以此与相邻的房子隔开。从大门到房门有一条两旁种着黄杨树的砾石通道,通道极其精确地将小花园分成两半。

"一天清晨,我离开住房时,看见一个少女正走进与左侧相邻的花园。时值六月,天气和暖。她穿着轻柔的白色袍服,肩上挎着一顶阔边草帽。草帽点缀着许多花朵,还按照当时的时尚饰有缎带。我并没有过多地注意她优雅而朴素的衣装,因为没人会在出神地盯着她的容貌时,还会挂念世俗的衣物。你别紧张,下面我不描绘她的具体容颜,免得亵渎她。那种美简直是超凡脱俗,只有造物主才能描绘出如此精美的图画。我所见过和梦想过的美都呈现在这幅无与伦比的活生生的画图之中。总之,我被深深地打动了,像虔诚的天主教徒或者教养良好的清教徒见到圣母玛利亚的画像时那样,不知不觉地向她摘下了帽子,丝毫也没想到有什么不妥。少女并没有表现出不悦,只是用她光彩四溢的眼睛看了我一下,我屏住了呼吸。对于我的行动,她没有再做出任何反应,就走过花园,进了房子。我一动不动地站了一会儿,手中还拿着帽子,为自己的鲁莽行动感到愧疚。可是,在我的心中,那无与伦比的美所激起的情感占据了主要地位,使本该深深忏悔的心情相形见绌。随后我走了,心却留在了那里。按平时日程,可能夜幕降临后我才能返回。可是那天下午才过了一半,我就回到了小花园。虽然那里的花儿少得可怜,而且我从未注意过,但是,那天,我却假装对那点花儿产生了兴趣。然而,我的希望落空了,她没有露面。

"当天夜晚,我辗转反侧,不能入睡,并在深深的期待和失望中度过了第二天。可是第三天,当我在附近闲逛时,无意之中又遇到了她。当然,我没再愚蠢地脱帽致敬,也不敢久久凝视,以免让她看出我的关注。但是我能听见自己的心跳声。她抬起那双又大又黑的眼睛,带着明显认出我的神色,却毫不显得轻率和唐突。那时,我不禁一阵战栗,感觉到自己涨红了脸。

"我用不着赘述那些让你感到厌烦的细节。从那以后,我多次遇见她,却从未向她问候,也没有刻意引起她的注目,而且我也没有采取任何行动来与她相识。或许你不会完全清楚,我要用极大的意志力才能克制自己。毫无疑问,我已经深深地爱上了她,但要强制自己抛开对她的思念,强制自己改变这一思维定式,那是多么不容易啊!

"我被某些愚蠢的人称为贵族,而某些更加愚蠢的人则乐意被冠以贵族的称谓。尽管那个少女美丽绝伦,仪态娴雅,可她不属于我这个阶级。我已经知道了她的名字(这里无须提及)和她的身世。她是个孤儿,在姑母家寄人篱下。她的姑妈上了年纪,又肥又胖,很难相处。我的收入菲薄,无力成家。或许结婚是一项被授予的权利。倘若和她联姻,我就不得不过她们那种生活,不得不和书本分开,不能再继续我的研究,我的社会等级也将降到她们那个阶层。要驳斥这些想法并不难,我从未想过要为自己辩护,宣读对我不利的判决,但是在严格意义的审判中,我的所有祖先都会成为共同被告,而我则被允许申辩是因为要遵循专横的祖训,以减轻罪责和惩罚。在我身上,每一滴贵族的血都会抗议那种屈身俯就的婚姻。简而言之,我的品位、习惯和本能正在从中作梗——所有的一切都在反对我的爱情。不管是出自何故,总之,我的爱情离我而去。况且,我是一个无可救药的伤感主义者。我发觉,在不掺杂个人情感的灵与灵之间存在着微妙的魅力;相识相知可能会使之庸俗,缔结婚姻则注定会使之毁灭。我坚持认为,这个可爱的生灵看上去不属于尘寰。爱情是美妙的梦幻,为什么我要把自己从梦幻中唤醒呢?

"可想而知,在这种理智和感伤指引下,我的道路会是什么样子。荣誉、骄傲、谨慎和一心要保全我的梦想的念头,所有这一切,都在命令我走开。但是我不够坚强，凭借极大意志力所能做到的就是不再和少女相见。这一点我做到了，甚至我连花园里的偶遇都避开了。只有当我确定她已经去上音乐课，我才离开寓所，在夜幕降临以后回去。但我依然神不守舍，沉溺在令人心醉的神迷狂想之中。除此之外，我什么也不想。啊，我的朋友，因为你的行为总是有章可循，所以不会了解我那种自认为待在天堂的傻乎乎的情形。

"一天傍晚，我鬼使神差地做了一件不可告人的蠢事。我似乎是随意地询问了饶舌的女房东，知道了我和那个年轻少女的卧室是彼此相连的，当中共隔一堵墙。我在一时冲动之下，轻轻地敲了敲墙壁，自然没有回应。可是我并不善罢甘休。我已经冥顽不化，又重复了那种冒犯行为，但是毫无结果。我终于体面地停了下来。

"一个小时之后，正当我专心从事幽冥研究时，我听见了，或者说，我自以为听见了她的回答。于是我扔下书本，一跃而起，奔到墙边去，强压着兴奋，在墙上缓慢而又坚定地敲了三下。这一次的回应十分清晰，不容置疑。只听见一下、两下、三下——那频率和力度和我敲的是一模一样。这就是我所能期盼的全部结果，已经足够，甚至太多了。

"第二天以及随后的许多个晚上，我重复了这种愚蠢的行为，总是得到'最后回应'才罢休。那段日子，我无比狂喜，但由于生性刚愎自用，始终恪守不与她见面的决断。之后，正如我本该预料到的一样，我再也得不到应答了。我想,是不是因为我不敢做出明确的进展,她已经厌恶了我的怯懦?我决定去找她,并和她相识。然后——怎么样呢?那时我不知道,现在仍然不知道结果会是如何。我只知道那个时候,我日复一日地企盼能与她见面,但是所有的努力都宣告落空,既看不到她的身影,也听不到她的声音。我频繁地在以前两人相遇的街道上走动,但是见不到她的人影。我在窗口守望着她房前的花园,却觅不见她的踪迹。我以为她已经离我远去,因而无比沮丧,却没能向女房东打听她的消息。只因为有一次女房东说起这个少女时态度显得不够恭敬,我就对此人产生了厌恶之情。

"灾难性的那一夜来临了。我已经被激情、犹豫、沮丧折磨得疲惫不堪,于是早早地睡下。那时我还能入睡。午夜时分,一种邪恶的力量使我睁开眼睛坐了起来,正是这种力量永远地破坏了我的安宁。我彻底醒了过来,侧耳倾听,随后仿佛听到了微弱的敲墙声——仅仅是一些略微熟悉的信号。稍后,我又听到了敲墙声:一下、两下、三下——它们并不比先前的声音大,但传递着令人警醒、紧张的信息。我正打算回复时,'安宁的死敌'再次出面干预了,它卑鄙地建议我予以报复。长久以来,她残酷地忽略了我,现在我也要不去理睬她了。难以置信的愚昧啊——愿上帝宽恕我!之后,我一直不能入睡,躺在床上一面无耻地为自己辩护,一面聆听着有何动静。

"第二天上午很晚时候，我正打算离开寓所，女房东走了进来。

"她说：'丹皮尔先生，早上好。你听到那个消息了吗？'

"我回答说没有听到任何消息，并流露出不想知道的神情。

"她开始喋喋不休地说：'是关于隔壁那个生病的年轻少女的消息。什么，你竟然不知道？哦，她已经病了好几个星期了。现在却——'

"我几乎想朝她扑过去，急切地叫道：'现在，现在怎么了？'

"'她已经死了。'

"这个故事还没有完。后来我听说，那个女孩先是经历了一周的谵妄，之后一直昏迷不醒。就在那天午夜，她苏醒后立刻要求把她的床移到那面墙下（这是她最后的话语），虽然那些照料她的人认为她不过在异想天开地说胡话，但还是满足了她的愿望。正是在那堵墙边，那个垂死的少女表示要重续中断的联系，重新连接那缕感伤的金线——一端系着天真无邪，另一端系着卑鄙自私。

"我又能做些什么来弥补自己的过失？在这风狂雨骤的茫茫黑夜，在那一阵阵神秘莫测的寒风之中，是否裹挟着不计其数的幽灵（同安眠的灵魂相比较而言）带来的音信，带来的征兆，带来的记忆上的暗示和大劫将至的预兆？

"这是她的亡魂第三次来访了。第一次我怀疑敲墙声是我的幻觉，就没有回应（像在她生前那样）。第二次她又敲了几次，之后我也去敲了墙壁,却没有得到回音。今天她又来了,完满地应验了帕拉佩利厄斯·尼科罗曼蒂厄斯[1]预示死亡的'三一'论。我再也没什么可说的了。"

丹皮尔讲完了自己的故事。我不知道能说些什么,去询问他会显得极不礼貌。于是我站起身,充满同情地向他道了晚安。他默默无语,摆了一下手表示理解。就在那天夜里,他带着无尽的悲哀和悔恨去了那个冥冥世界。

---

[1] 注:帕拉佩利厄斯·尼科罗曼蒂厄斯是杜撰的名字。帕拉佩利厄斯跟一个预言死期的人名相近,尼科罗曼蒂厄斯与巫师的拼写相近。

鬼魅世界

一

在奥伯恩和纽卡斯尔之间有一条深深的峡谷,这个峡谷沿小溪逶迤伸展,起先盘旋在小溪的左岸,后来又绕到了小溪的右岸。路面或是陡峭的山路,或是由矿工从河里运上来的砾石铺成的小径。山上丛林密布,溪谷蜿蜒曲折,如果是漆黑的夜晚在路上驾车,一不小心就会掉入水里。我记得那是一个漆黑的夜晚,由于最近下过一场大暴雨,水面涨高了,溪水非常湍急。我从纽卡斯尔出发,驾着马车来到了离奥伯恩只有一英里左右的地方,这儿正是峡谷最漆黑、最狭窄之处。我盯着前方,思想不敢有片刻松弛。突然就从马鼻底下冒出了一个人,我猛一拉缰绳,那人险些撞上了马的后腿。

"请原谅,先生。"我说道,"我没看见你。"

"你无法看见我,我也无法听到你的马车声,溪水声太大了。"那人一边彬彬有礼地回答,一边走近马车。

我立刻听出这是一个熟悉的声音。尽管我已五年没有听到这个声音,但还是能够分辨出。不过,听到这个声音,我并没有很高兴。

"我想,您就是多里魔博士。"我说道。

"是的,曼里奇先生,我的好朋友。见到您太高兴了,太……高兴了。"他微笑着继续说,"我跟您同路,希望您能邀请我坐您的马车。"

"我诚心诚意邀请您。"

可这并不是真心话。

多里魔博士道谢之后就坐在我的身边,于是我继续驾着马车小心赶路。现在回想起来,就从那个时刻起,我仿佛在冰冷的寒雾中前进一样,浑身发冷,极不自在。路也显得比以往任何时候都要长。马车抵达镇上时,就连镇子也显得那么萧索凄凉,阴森恐怖。当然,这些想必都是我现在的心理感受。那时一定是暮日刚落,可我记不起哪座房子里亮起一盏灯,也想不起在街上碰见过哪一个人。多里魔博士详细地对我述说了他如何碰巧来到这儿,以及与我分别之后干了些什么。我只觉得他一直在滔滔不绝,但具体说些什么,我根本记不起来。在我的脑海里，仅存的记忆是他出国又回来了，但这个我以前就知道。我也记不起我是否说过话，但毫无疑问我肯定说过。

若要问我记得最清楚的是什么，那就是他在我身边的出现让我感到一种极度的反感和不安——这确实太奇怪了。所以当我最后住进了帕特南旅馆时，我如释重负地松了口气，可是这口气还没松得那么彻底——我发现多里魔博士跟我住的是同一家旅馆。

二

在略微述说了我对多里魔博士的奇特感受之后，我得简短介绍几年前我与他相遇的情景。一天晚上，我和其他五个人坐在旧金山波希米亚俱乐部的图书馆里闲谈。我们谈到了魔术师的魔法，当时正有一个魔术师在当地剧院演出。

"这些家伙是些双料骗子。"其中有个人说道，"他们那些伎俩骗不了任何人。印度最蹩脚的魔术师都能让他们惶惶不可终日。"

"此话怎讲？"另一个人点起了雪茄问道。

"就拿他们熟悉的一般节目来说吧——把一样大东西往空中一扔，这东西就不见了；植物可以在观众任意选择的平地上发芽、生长、开花；把活人放入柳条筐，然后用剑不停地刺入筐内，直至那人发出尖叫，流出鲜血，可打开篮子一看，里头又什么也没有；把丝绸梯子抛入空中，然后爬上去，最后梯子又会消失。"

"胡说八道！"我说道，恐怕这话说得相当粗鲁，"你肯定不会相信有这样的事吧？"

"当然不信，这些花招我见得太多了。"

"可是我相信。"一名记者说道，此人在当地以报道逼真、传神而闻名，"我与他们交往频繁，眼见为实啊！喂，先生们，这是我的个人看法。"

现场并没有人发笑，因为当时大家的注意力都在我的身后。我扭头一看，发现一个身穿晚礼服的人刚刚走了进来。他的肤色很暗，几乎黝黑。脸庞瘦削，黑黑的络腮胡子一直长到嘴角边。头发也显得格外粗糙，乱蓬蓬的一堆。鼻梁则是直直的，眼睛闪着眼镜蛇般无神的光彩。我们当中有个人站起来介绍说他是加尔各答的多里魔博士。我们被一一介绍之后，他则按照东方的礼节向我们一一鞠躬，可是丝毫没有东方礼节的庄重。他的玩世不恭、带着一丝蔑视的笑容，给我留下了很深的印象。我只能说他的全部举止仅在外表显得可爱，但实际上十分令人讨厌。

他的出现打断了我们的话题。他说得很少——我现在也想不起他说了些什么。我想他的声音肯定是特别浑厚、悦耳，但给我的感觉也如他的眼神和微笑一样十分令人讨厌。过了一会儿，我起身要走。他也站了起来穿上了外衣。

"曼里奇先生。"他说道,"我跟您同路。"

"见鬼去吧!"我心里想道,可嘴上却说,"您怎么知道我走哪条路?我很乐意与您同行。"

我们一道离开了俱乐部,来到了外面的大街。街上看不到一辆出租车,有轨电车也已经终止载客。天上挂着一轮满月,凉爽的空气沁人肺腑。我们爬上了加利福尼亚大街的山坡。我想他一定希望去旅馆,所以就故意走了另外一条相反的路。

"您真的不相信刚才谈到的印度魔术师的魔法?"他突然问道。

"我——你是怎么知道的?"我问。

他没有回答,而是一只手轻轻搭上我的胳膊,另一只手指着前方人行道的石头路面。就在那儿——几乎就在我们的脚下——仰面躺着一具男尸。月光下男尸的脸色惨白,胸膛上深深地插了一把剑,剑柄上的宝石闪闪发光,尸体旁边淤积着一摊鲜血。

我大为震惊,疑窦丛生——不单单是对这个景象感到恐惧,也被这一景象的突然出现吓坏了。我想自己上坡时眼睛一直瞄着人行道,从这条看到那条,怎么就没看到这个可怕的景象呢?应该说,在苍白的月色下,那本该是很显眼的!

当我从震惊中清醒过来,恢复了平素的镇定之后,才注意到那具男尸穿着一件晚礼服：外衣胡乱地披在肩上，露出了上衣、白领带和一大片插着剑的衬衣前襟，而且更可怕的是，那张脸除了苍白之外，竟跟我身边的同路人一模一样。他的衣服、他的外貌都与多里魔博士毫厘不差！我惶恐万状，急忙回头去寻找身边的活人，他却不见了身影！我越发感到害怕，踉跄着往回跑，但只跑了几步，就有一只手紧紧抓住了我的肩膀。我吓得几乎大叫——原来那个死人，那个胸膛上还插着一把剑的死人，竟然就站在我的身边！他用另一只手抽出那把剑往空中一扔——剑柄上的宝石在月光下闪闪发光，剑刃上没有一丝血迹——剑就"哐"的一声落在了人行道上——变得无影无踪！而他又恢复了从前的黝黑皮肤，松开了放在我肩膀上的手，然后盯着我，又流露出那种玩世不恭的眼神，与我第一眼的印象一模一样。死人是不会有那种眼神的，这让我稍稍放了心。接着我回头一看，却只见茫茫人行道上空无一物。

"见鬼，你在搞什么名堂？"我厉声质问，尽管每根肋骨都几乎颤颤欲坠。

"这就是人们爱看的戏法呀！"他嘿嘿地笑着回答。

他说完，就朝着杜邦大街走去。从此，我再也没有见过他，直到在奥伯恩峡谷重逢。

三

我与多里魔博士重逢的第二天他并没露面。帕特南旅馆的伙计说他身染小恙，未能外出。就在那天下午，我在火车站意外地遇到了来自奥克兰的玛格丽特·科蕾小姐和她的母亲，不免感到又惊又喜。

但本文叙述的并非爱情故事，而且我也不是个讲爱情故事的高手。事实上，在一种充斥着有损人格的专制政治的文学里，也无爱情可言。这种文学假冒"年轻女子"的名义"宣判文字的死刑"。在所谓"年轻女子"摧残人的笔下——或者还不如说在那些自诩为年轻女子幸福守护神的虚伪大师的控制下，爱情已失去了她神圣的光芒，并且像个饿鬼一样恬不知耻、冠冕堂皇地干着些见不得人的勾当。

先得说明一下我和科蕾小姐订婚了，她和她母亲也住进了帕特南旅馆。我有两个星期每天同她见面，那种高兴劲儿就甭提了。不过这段黄金般无忧无虑的日子却屡屡被多里魔博士的出现而打乱。我如芒在背，不得不把他介绍给我的两位女士。

显然，他很受两位女士的欢迎。对此我又能说些什么呢？我对他不检点的行为一无所知，而他举手投足之间流露出的也是那种受过良好教育的、对人温柔体贴的绅士风度。而在女人眼中，男人的举止就是男人人格的体现。我有一两次碰见他跟科蕾小姐散步，对此我真是恼羞成怒。有一次我很不客气地向科蕾提出抗议，她问及原因，我又说不出什么原因。对于我的妒火中烧和多疑多变,她似乎是嗤之以鼻。随后,我整天郁郁寡欢,乱发脾气,乃至后来我疯子般地决定第二天回旧金山,而且没把决定告诉他们。

四

奥伯恩镇有一块古老的废弃墓地。墓地虽说坐落在镇中心,但晚间却呈现一副令人毛骨悚然的情景,人类最痛苦的表情都能在此塑造。墓地上许多栏杆早已不翼而飞,残余的栏杆都匍匐在地,几乎腐烂成泥;许多坟墓都已塌陷,没有塌陷的坟墓上面长出一些顽强的松树,这些松树可真敢在太岁头上动土!墓碑东倒西歪,支离破碎。地上蔓延着一大片悬钩子草。没有了篱笆,牛呀、猪呀都在那儿肆意乱闯。这幅残败颓废的景象不可不谓是对生者的侮辱、对死者的污蔑以及对上帝的亵渎。

正当我疯子般决定离开我的心上人的那天晚上,我发现了这块墓地。此情此景,正与我的心情相般配。那晚半月悬空,月光透过树叶斑斑驳驳地撒在墓地上,凸显了许多丑恶,而黑暗处在等待着,似乎准备随时把更多的丑恶暴露。我沿着一条曾是墓穴的小路走着,忽然从暗处窜出了多里魔博士的身影。我闪到一旁,站得笔直,紧握双手,咬紧牙关,努力控制自己想要跳上去掐死他的冲动。不一会儿,又有一个身影冒出来挽住了他的手臂,那个身影竟是玛格里特·科蕾!

接下来的事情我没法讲述。后来我知道,当时我跳了起来,要把他掐死。然后在那个灰蒙蒙的清晨,有人发现我躺在那儿:满身青块,血迹斑斑,喉咙上留着手爪印。接着我就被背回了帕特南旅馆,在那里一连昏迷了好几天。所有这些,都是别人告诉我的。我所知道的就是自己康复后让人把旅馆的伙计叫到了跟前。

"科蕾夫人和她的女儿还在吗?"我问他。

"你说谁呀?"

"科蕾。"

"没有一个叫科蕾的人在这里住过。"

"我求求你,别耍我了。"我暴躁地说,"你看我现在全好了,快同我讲实话。"

"我说的全是实话。"他回答道,一脸诚实的样子,"我们从来没有接待过叫这个名字的客人。"

我不禁目瞪口呆,躺在床上半晌说不出话来。过了一会儿,我问他:"多里魔博士在哪里?"

"你打他的那个清晨他就走了,此后再没他的音讯。他可害惨了你。"

五

整个故事就是这样。玛格里特·科蕾现在已经是我的妻子。她从来没有到过奥伯恩镇,我所讲述的已经在我脑海成为历史的那几个星期,她一直待在自己奥克兰的家中,正纳闷着她的心上人在哪儿,为什么不给她寄封信?前几天我在《巴的摩太阳报》上看到下面一篇报道:

"昨晚,催眠师瓦伦丁·多里魔教授举行了一次讲座,吸引了一大批观众。这位大师曾在印度度过了他的大半生。他昨晚施展了他绝妙的魔力,那些自愿实验的观众只要被他看上一眼就能进入睡眠状态。事实上,他让全体观众(本记者除外)两次进入睡眠状态,让观众充分享受了梦幻的快感。讲座的最有价值之处就在于揭露了旅客们津津乐道的印度耍把戏的秘诀。教授说,这些魔术师能施展催眠术,把观众引入睡眠状态后再告诉他们将会听到什么,看到什么,以此表现所谓的'奇迹',而这些催眠术他都知根知底。教授断言,魔术师可以暗中持续不断地通过迷惑和幻觉的手段控制一个人,让其沉浸在虚幻梦境中,时间往往能够达到几个星期、几个月甚至几年之久。这确实有点让人感到不安。"

海上梦魇

1874年夏天，我从纽约前往利物浦，为布朗森－贾勒特联合贸易公司的业务去那里出差。该公司的老板威廉·贾勒特就是我，而泽纳·布朗森是我的合伙人。去年公司倒闭了，布朗森无法承受由富变穷的压力，溘然去世。

在办完公事后，我感受到了出差人那种常有的困倦和疲乏。也许进行一次长时间的海上航行对于身体会有益的吧？因此我回纽约时没有乘上等的客轮，而是定了一艘我曾经用来装运大宗商品的"莫罗"号帆船。"莫罗"号是一艘英国帆船，当然它很少为旅客提供住食宿。乘客只有我和一位年轻小姐，她带着一名中年黑人女佣。我很奇怪，一个外出旅行的英国姑娘需要如此让人伺候？后来，那位女佣向我解释说，这位小姐是南卡罗来纳的一个遗孤，其双亲同一天死在德文郡某个人的宅邸中，此人即是她现在的养父。这件非同寻常的事在我的脑海里产生了深刻的印象，虽然当时我还未从这位小姐的谈话中获悉她的亲生父亲跟我同名，也叫威廉·贾里特。我们家族中有一支曾定居南卡罗来纳，但对他们以及他们的历史，我却一无所知。

6月15日，"莫罗"号船从默西河口启航。几周以来，和风习习，晴空万里。船长是一名出色的水手，除此之外一无所长。除了在饭桌边，他几乎很少让我们介入他的生活圈。那个年轻的小姐珍妮特·哈福德已经和我相当熟悉。事实上，我们几乎总在一起。在她的身上，我总感到有一种神秘的强大吸引力。这种吸引力让人不由自主地去寻找她。由于生性喜欢反思，我总想剖析和确定这种新奇的感觉，但毫无结果。我唯一能确定的是，这至少不是爱情。在认清了这一点，并相信她对我的友谊是真挚的之后，一天晚上（我记得那是7月3日），当我们坐在甲板上时，我斗胆笑着问她，是否可以帮我解开心中一个疑团。

她转过脸来，沉默了片刻。我开始担心自己的话是否太过于粗鲁。然后，她双眼幽幽地与我的眼睛对视。刹那间，一种人类意识中从未有过的奇特想象一下子占据了我的心灵，仿佛她不是在用眼睛看我，而是透过双眼——从眼睛后面深不可测的地方朝我细细打量。又仿佛在她的周围，簇拥着一些其他的人——男人、女人和小孩——我惊奇地从他们的脸上捕捉到一种熟悉的、稍纵即逝的表情。他们正试图透过同一双眸子看着我。轮船、海洋、天空，一切都消失得无影无踪。我的大脑除了那些置身于这样奇异非凡的场景中隐隐约约的人影外，一片空白。突然间，黑暗笼罩住我。不久，好像渐渐适应了微弱的光亮似的，黑暗中原先的甲板、桅杆和索具慢慢地呈现出原貌。哈福德小姐闭着眼睛躺在椅子上，像是已经睡着了，刚才正在看的书摊开在腿上。一种莫名的冲动促使我匆匆瞥了一眼书页上端的书名，那是《沉思录》——丹尼科著的一部奇特罕见的作品。哈福德小姐的食指正指在这一段文字上：

对付各种杂念的办法是将其抛开，让其暂时脱离躯体。正如江河的干流包含着许多纵横交错的支流一样，人生的道路也必然会生出岔路。当人们的灵魂确实附有载体的时候，他们的肉体将不知不觉地偏离正道。

哈福德小姐瑟缩地站了起来。此时太阳已经西沉，天气还不算太冷，没有一丝微风。浩瀚的天空不见云彩，也不见星星。突然甲板上响起一阵急促的脚步声，船长被叫了上来，加入了大副的行列。大副正在那儿观测着气压表,只听他猛然惊呼:"天哪!船在下沉!"

一个小时后,持续下沉的帆船搅起汹涌的旋涡,将我紧紧拉住的珍妮特·哈福德小姐卷走,她的身影顷刻消失在黑暗与浪花之中。我用绳索将自己捆绑在桅杆上。桅杆在水中漂浮,我也昏厥过去。

灯光下我醒了过来。这是一艘客轮的特等房间,我正躺在铺位上,置身于我熟悉的环境中。对面的躺椅上坐着一个男人,他半裸着身子像是准备就寝,不过此刻正在看书。我认出他是我的朋友戈登·多伊尔。我俩是在利物浦相遇的,那一天我打算乘船回去,而他也刚好要搭乘布拉格号客轮,所以就邀我一同结伴而行。

过了一会儿我喊了他的名字,而他只是简短地"嗯"了一声,继续翻动着书页,未曾抬眼。

"多伊尔,"我又喊了一声,"他们救了她吗?"

这次,他看了我一眼,并开心地发出微笑。显然,他认为我还没睡醒。

"她?你指谁?"

"珍妮特·哈福德。"

笑容变成了吃惊。他怔怔地看着我,一句话也说不出。

"待会儿再说吧。"我继续道,"我想待会儿你会告诉我的。"

片刻之后,我又问:"这是一艘什么船?"

多伊尔再次瞪大了眼,答道:"这是从利物浦开往纽约的'布拉格'

号轮船,已经航行了三个星期,不过发动机一直有毛病。乘客主要有戈登·多伊尔先生,再就是精神病患者威廉·贾里特先生。这两名高贵的旅客本是一同登船的,但是现面临散伙,因为威廉·贾里特先生一直想把戈登·多伊尔先生推入水中。"

"噌"的一下,我坐得笔直,"你是说我在这艘船上已经待了三个星期了?"

"是的,快三周了。今天是7月3日。"

"我病了吗?"

"一直都很好,而且三餐无误。"

"老天啊!多伊尔,这里一定有什么蹊跷。你就别说俏皮话了,正经点。'莫罗'号船失事了,难道我没有被救上来吗?"

多伊尔的脸色变了。他走近我,用手指按住我的手腕。过了一会儿,他异常冷静地问我:"你是怎么认识珍妮特·哈福德的?"

"你先把你知道的告诉我。"

多伊尔朝我凝视了好一会儿,似乎在考虑该说些什么。然后,他又坐回躺椅,开口说道:"我就告诉你吧!一年前我和珍妮特·哈福德在伦敦相遇,俩人私订了终身。她家是德文郡的首富之一,父母对此事大为光火。我们俩就私奔了,准确地说正在私奔。那天,我和你登上这艘客轮时,她和她的忠实仆人——一个黑人女佣,驾车急驰而过,去赶'莫罗'号船。她不同意和我同乘一艘船。为了减少被人发现和跟踪的风险,她认为最好还是乘一艘帆船。现在我很担心我们这艘船可能因为该死的机器坏了要耽搁很长一段时间,这样'莫罗'号帆船就会在我们之前到达纽约,而可怜的姑娘将无处藏身。"

我一动不动地躺在铺位上。气氛是如此的沉寂,几乎让我窒息。但这个话题显然引起了多伊尔的谈兴,片刻之后,他又继续讲道:"顺便提一下,她只是哈福德家的养女。她的母亲在哈福德家的家乡打猎时,从马上摔下来死了。她的父亲由于悲伤过度,同一天也追随她的母亲而去。没有人认领这个小孩,过了好一段时间,哈福德收养了她,她一直认为自己就是哈福德的女儿。"

"多伊尔,你在看什么书?"

"噢,是丹尼科的《沉思录》。这是一本非常奇异的书。珍妮特刚好有两本,就给了我一本,想看吗?"

他说着将书扔给我。书落下时已经敞开,其中一页上的某一段被做了标记:

对付各种杂念的办法是将其抛开,让其暂时脱离躯体。正如江河的干流包含着许多纵横交错的支流一样,人生的道路也必然会生出岔路。当人们的灵魂确实附有载体的时候,他们的肉体将不知不觉地偏离正道。

"她……她……她的阅读品位很奇特。"我说道,尽量想控制住我的激动。

"是的。假如你不介意,就请向我解释一下你是如何得知她的名字以及她乘的那艘帆船的?"

"你做梦时说过她。"我说。

一周后我们的船被拖到了纽约港,但"莫罗"号船却始终杳无音讯。

猫头鹰桥上的恐怖故事

一

亚拉巴马州北部，一个男人站在一座二十英尺高的铁路桥上，俯视着桥下湍急的流水。男人的双手被反缚在背后，手腕被绳子绑着。一根绳索紧绕在他的脖子上，绳索系在他头顶上方一个结实的木制绞刑架上，绳头松松地垂至他的膝盖。几块木板松散地放在铁轨的枕木上，为此人和两个刽子手提供了一个临时站台，这两个刽子手是北方联邦同盟军的士兵，受旁边的中士指挥，这位中士入伍前曾是某县的副县长。不远处，在这个临时站台上还站着一个身穿制服的军官，是个上尉。铁路桥的两端各设有一名岗哨，哨兵的步枪处于"支撑"位置，枪身竖立在左肩前，枪托靠在胸前的前臂上。这种荷枪的姿势迫使他们的身体保持极不自然的挺直状态。这两个人似乎只知道专心封锁临时站台的两端，完全不理会桥中央正在发生的事情。

在其中一位哨兵的正前方，伸展着数百米的无人之地。铁路径直从中穿过，一直消失在森林拐弯处。自然，再往前又会有一个岗哨。小河的对岸为空旷地，地势微微向上倾斜。坡顶码有一堆树木，树木之间留着一个个射击孔，其中一个较大的射击孔露出了发亮的炮口。整个桥面就在这尊大炮的控制下。在桥和工事之间的坡地站着整整一个连的步兵观众，他们依照直线排列，姿势呈"稍息"状，枪托触地，枪管微微斜靠右肩，双手交叉抱着枪身。队伍右侧站着一个中尉，他的左手叠放在右手，剑头插地。在场所有人，除了桥中央的四位，没有谁动弹。步兵观众面对桥梁，面无表情，一动不动；哨兵注视着小河两岸，宛如欣赏桥梁的塑像；上尉双臂交叉而立，默默地看着属下的一举一动，没有做出任何表示。死神不啻一个显贵，应该以最崇敬的方式迎接他的到来，哪怕他们是惯于和他打交道的军人。而在军事礼仪的代码中，沉默和静止是表示崇敬的形式。

看样子，那个要被绞死的人三十五岁左右。他穿着普通百姓的衣服，倘若从他的举止分析，像是个种植园主。五官端正——直挺的鼻子，坚毅的嘴唇，宽阔的额头，长长的黑发披在脑后，从耳背一直到身上那件剪裁得当的大衣的衣领。他的上唇蓄着胡须，须头发尖，但还没构成"八"字。眼睛很大，呈灰黑色。表情和善，人们很难想象这种面容的人是即将被绞死的罪犯。显然，他不像那种剽悍的杀手。慷慨的军事代码为绞死许许多多的人准备了条款，绅士也不例外。

准备工作就绪。两个士兵退到一侧，各自抽掉了一直站立的木板。中士走向上尉，朝他敬礼，并即刻站在他的身后，而上尉也相应地朝外移动一步，仅留下那个罪犯和中士站在同一块木板的两端。这块木板横跨桥梁的三根铁轨，罪犯站立的一端约占四分之一，几乎完全悬空。整块木板之所以一直保持平衡，是因为另一端有了上尉的体重。现在上尉离去，仅有中士的体重维持木板的平衡。一旦上尉发出手势，中士退出，木板倾斜，罪犯就会被绳索扼死。在罪犯看来，这种绞死方式可谓简单有效。他的脸没有被蒙上，眼睛也没有被遮盖。他看了看"悬空的立足处"，遂把视线移向桥下湍急的河水。水中一块翻滚的木片引起了他的注意，他注视着它顺着流水漂向前方，似乎很久它才移动一点，多么缓慢的流水。

他闭上眼睛，想把最后一点思绪用于回忆自己的妻子儿女。然而，水面辉映的金色朝日，河岸远处腾起的团团水雾，还有工事、士兵、漂流的木片——这一切都使他无法集中注意力。而且此时，他意识到了一种新的干扰。这种干扰从他想念亲人的思绪中脱颖而出，无法回避也无法理解。那是一种金属声，刺耳、明晰，如同铁匠在铁砧上锤击金属器皿。反正，音响效果是相同的。他不知道声音来自何方，是远不可测，还是近在咫尺——似乎两者兼而有之。声音的出现很有规律，节奏却像丧钟一般缓慢。他焦急地等待着，而且不知何故，心里忐忑不安。等待的时间在不断拉长。他心急如焚，简直要发狂。随着声音出现频率的降低，音响也越来越大，越来越刺耳，仿佛有尖刀刺进耳膜一般。他万分恐惧，感到就要喊出声来。然而，耳边响起的只是他手表的嘀嗒声。

他睁开眼睛，又看见了桥下的流水。"假如我挣脱被缚的双手，"他想，"就能甩掉绞索套，跳进河里。凭借潜水的功夫，我能避开子弹。然后，我拼命游上岸，钻进森林，跑回家去。谢天谢地，我的家还在他们的封锁线之外，我的妻子儿女离他们的先头部队还有相当长的一段距离。"

正当上述这一切像走马灯似的在那个即将被绞死的人的头脑中闪过的时候，上尉对中士点了点头。于是，中士跨出了那块木板。

二

佩顿·法夸尔出生于亚拉巴马州贵族世家，是一个有钱的种植园奴隶主。像其他所有的奴隶主一样，他热衷于政治，自然也成了最早的南北分离主义者。他狂热地投身于南方的分离主义事业。不过，由于天生傲慢（他的这一秉性，此处就不赘述了），他未能如愿地穿上光荣军队的戎装，在许多灾难性的战役中一显身手。那些战役以科林斯的陷落告终。对于身受这种极不光彩的遏制，他大为光火，因而渴望宣泄自己的不满，渴望获得更多的军事生活，渴望有出人头地的机会。他认为，这种机会在战争年代对人人都是平等的。于是他不遗余力地帮助南方军队，不怕事情低贱，不怕任务艰险，只要符合他的这种心愿。表面上，他是个百姓，但骨子里是个士兵。而且他毫无顾忌地信奉那句臭名昭著的格言：在爱情和军事方面，没有什么是不正当的。至少他认为其中有合理的成分。

一天傍晚，法夸尔和妻子坐在庭院门口的板凳上歇息。这时，来了一个身穿灰色服装的士兵，向两人要水喝。法夸尔太太欣然应允，她去取水的时候，法夸尔向这个风尘仆仆的骑兵走去，迫不及待地打听前线的消息。

"北方佬正在修铁路，准备重新发起进攻。"那个骑兵答道，"他们已经到了猫头鹰桥，把一切都修好了，还在北岸围起了一排栅栏。司令员签发了一张告示，说任何居民都不得破坏铁路、桥梁、隧道和火车，一经发现，即刻绞死。这告示在各处张贴，我亲眼看见的。"

"猫头鹰桥离这儿多远？"法夸尔问。

"大概三十英里。"

"河这边有部队吗？"

"只有一个警戒哨，设在铁路线半英里外。桥这头有一名哨兵。"

"假如有个不怕死的人——百姓或学生——躲过警戒哨，制服哨兵，"法夸尔笑着问，"他能造成什么破坏？"

那个骑兵想了想。"一个月前我去过那儿。"他说，"我看到桥这边木码头周围的河道里嵌着许多漂木，那是去年冬天的洪水留下的。现在这些漂木晒得很干，一点就着。"

这时法夸尔太太把水拿来了。那个骑兵喝过水后，客气地向她道谢，又向她丈夫行礼，然后上马离去。一个小时之后，天黑了下来，他再次从种植园门前经过，向北急驰。这个骑兵就是从北方来的，他是北方联邦同盟军的侦察员。

三

佩顿·法夸尔向桥下坠落的时候，已经失去了知觉，他好像已经死了一样。仿佛过了很久，他才从这种状态中苏醒。起初是喉部被挤压得厉害，随后感到窒息。一阵阵剧烈的切肤之痛从脖颈向下扩散，传遍整个躯体和四肢。似乎他的体内布满了许多有规则的枝形线条，那些剧痛就是通过这些线条迅速扩散的，而且以无可置信的频率快速颤动。伴着颤动,仿佛有一道道烈火在燃烧,使他熏蒸难熬。至于他的头脑,已经意识不到任何东西,只感到拥挤和堵塞。所有的感觉并非来自思维,天生的理智不复存在。他只有感受的能力,而感受无异于折磨。他意识到了行动。此时,仿佛升起一团虚无缥缈的发亮云雾,他被包围其中,成了燃烧的中心,而且像一个巨大的锤摆,以无法想象的弧度左右摆动。随后,猝然一声可怕的巨响,水珠四溅,光线消失,一切陷于阴冷和漆黑。思维的能力恢复了。他知道绳索已断,自己坠入了河中。窒息感没有加剧,脖颈的绞索已经抑制了他的呼吸,防止他将水吸入肺中。绞死之后沉入河底,这念头似乎太可笑。漆黑中,他睁开双眼,看见上方一束微光,但光线是那么遥不可及。他的身子还在下沉,因为光线越来越淡,直至发暗。之后,暗淡又开始发白,而且越来越亮,他知道身子开始上浮。想到这一点,他很不情愿,浑身难受。"我要被他们开枪打死了。"他想,"这并不比绞死和淹死强。我不想吃枪子儿。不,我不想吃枪子儿。这不公平。"

他没想挣扎,但手腕的剧痛表明,他正试图松开双手。他开始有意识地挣扎,如同街头游手好闲者欣赏魔术师的戏法,只注重过程,不注重结果。他焕发出一种惊人的力量。那是一种极为壮观的超人的力量。啊,好极了!加油!绳索脱落,双臂分开,向上漂浮。在愈来愈明的光线中,他依稀分辨出双手在身子两侧摆动。他怀着一种新的兴趣注视双手一先一后地猛抓脖颈的绞索。绞索被用力拉扯，被用力抛开，像水蛇一般起伏。"别扯！别扯！"他想大声呵斥双手的动作，因为拉扯绞索产生了从未有过的可怕剧痛。脖颈揪心似的疼痛，头颅在猛烈燃烧，一直在微微飘摆的心脏也拼命从口中挤出。整个身躯在弯转、在扭拧，痛苦无以复加。然而，他的双手又丝毫不听大脑的使唤。它们急迫地向下击打，迫使身子上浮。他觉得自己的头颅已经浮出水面，眼睛辉映着炫目的阳光，胸膛猛烈扩张，嘴唇万分痛苦地吞噬空气，又旋即嘶叫着吐出。

此时，他已经完全恢复了身体的感觉。这些感觉确实是特别敏锐、特别能适应。经过极其可怕的摧残，各个器官组织的功能得到增强，机制得到完善，感知也前所未有地灵敏。他能感受到脸上滚动的涟漪，听见四周不同的流水声。河岸上的树林映入了他的眼底。他看见了一棵棵树木，一片片绿叶，一条条叶脉——上面爬着昆虫，有蝗虫、金苍蝇，还有灰蜘蛛，它们正在树枝之间延伸自己的丝网。密集的野草上挂满了五光十色的露珠。河水湍急，上面飞舞着低吟的蚊子。蝴蝶在轻轻展翅，水蜘蛛如划桨似的踢腿，所有这些都构成了轻柔的音乐。一条鱼掠过他的眼皮底，他听见了河水流过躯体的哗哗声。

他已经浮到了水面，脸朝着河底。倏忽间，他眼中的世界变成了一个以他为轴心的车轮，缓缓转动着。他看见了桥梁、工事，看见了桥面上的哨兵、上尉、中士和两个担任刽子手的士兵。蓝天下现出了他们的身影。他们对着他，又是比画，又是嚷嚷。上尉拔出了手枪，但没有开火，其余的人也卸下了肩上的步枪。他们的举止既怪诞又恐惧，形体却很庞大。

突然，他听见一声清脆的枪响。子弹落在水中，离他的头颅仅有数英寸，水花溅落在他的脸庞。接着又是一声枪响，只见一个哨兵手里端着步枪，枪口冒出一团淡蓝色的烟雾。在水中，他看见哨兵的眼睛正透过步枪的瞄准镜盯着他。那是一只灰眼睛，长得出奇的敏锐。大多灰眼睛都是敏锐的，所有的著名射手都是灰眼睛。然而，这一次灰眼睛却错过了目标。

河水旋动，将法夸尔转了半个方向。他再次看见河岸上工事对面的森林。身后响起一种单调的高频率的吟唱。这吟唱穿过水面，盖过其他声音，甚至压倒了耳边滚动的涟漪。虽然他没有当过兵，但经常去军营，所以能领悟这种矫揉造作的、拉长调子的、屏气喊出来的吟唱的可怕效应。河岸上的中尉正在发布清晨战斗的命令，多么冷酷无情！平和冷静的嗓音预示着不祥，扰乱了士兵的内心平静。那嗓音以完全相同的间隔突出了几个可恶的字眼：

"全连注意……端枪……准备……瞄准……射击！"

法夸尔猛地往下一钻，尽可能钻到水深处。耳边的流水隆隆作响，然而他还是听到了排射的轰鸣。他忽地又向水面钻去，碰上了几颗发亮的子弹。这些子弹已经完全减速，缓缓向下沉去。有的子弹落到他的脸部和双手，又滚向一旁，继续下沉。还有一颗子弹夹在他的衣领和脖子之间，痒痒的，很难受，他把子弹拽出，扔掉了。

他钻到水面，大口呼吸空气。这时他察觉，由于长时间待在水底，自己已经漂移了相当长的距离，快要到达安全地了。士兵们还没来得及重新装上子弹。他们把金属输弹器拉出枪管，翻了个转，将子弹压进匣内。阳光下，金属输弹器顿时显得铮铮发亮。两个哨兵又开了火，漫无目标，徒劳无功。

法夸尔一边注视着身后发生的一切，一边在急流中用力划水。随着他的四肢愈来愈有气力，思想也愈来愈活跃。他的脑海迅速掠过一幅思维画面。

"那个长官是个细心人，"他推断道，"不会再犯同样的错误。单一的排射很容易躲避。也许，他已经下达了自由射击的命令。上帝保佑我能躲避所有的子弹。"

离他的身子不远，传来了一种可怕的溅水声，紧接着，又是一声巨响。声音由强至弱，从河道到河岸的工事，空中响起了隆隆的回音。伴着爆炸，河底升起了一根浪柱，随后，浪柱化成惊涛，扑向他，将他吞没。他蓦然坠入黑暗中，憋得透不过气。显然那门大炮也已经参加了追逐他的游戏。他钻出惊涛骇浪，又听见一颗打偏了的炮弹在空中呼啸。这颗炮弹在远处的森林里爆炸，粉碎了许多树枝。

"他们不会再这样打了。"他想，"下次他们会装载葡萄弹。我得把眼睛盯着那门炮，注意炮口的烟雾。听声音会误事，因为音速落后于光速。那是一门好炮。"

突然，他感到自己像陀螺一样旋转起来，转了一圈又一圈。流水、河岸、森林，还有此时已经变得遥远的桥梁、工事和士兵，一切都在重叠、模糊。呈现在眼中的所有物体只是它们的色彩——周而复始的水平线色彩。他已经卷入了一个旋涡，这旋涡裹着他快速旋转前进，令他眼花眩晕。不多时，他被抛到河道左岸——南岸——底部的沙砾地，藏身于一个延伸的岬角之后。他的一只手被砾石擦伤，疼痛使他恢复了常态。他倏然发现自己的有利位置，不由高兴得流泪。他把手指插进沙砾地，捧起一把沙土，嘴里喃喃地说着祝福的话。这捧沙土简直就是钻石、宝石、翡翠，不，再美好的东西也无法比拟。他注意到河岸上的树木像花园里的高大植物一样排列得整整齐齐，而且散发着花的馨香。树木之间笼罩着一种奇异的玫瑰色光彩。枝叶在微风中摇曳，发出动听的竖琴声。他真想在这个迷人的地方继续待下去，哪怕是耽误了逃亡的时间，重新被抓获。

一颗葡萄弹嘶叫着穿过他头顶的枝叶，他猛然从遐想中回到了现实。这颗徒劳的炮弹不啻是欢送他的礼物。他一跃而起，冲上斜坡，进了森林。

他走了一整天，一路上依据太阳判别自己的前进方向。森林无边无际，密密匝匝，连一条樵夫砍柴的路也没有。他这才知道，原来自己正处在一个极其荒僻的地方。这一发现令他感到恐惧。

到太阳落山时，他已经疲惫不堪，脚趾发胀，肚子咕咕直响。然而，想起家中的妻子儿女，他还是咬紧牙关走了下去。终于，他找到了一条能通往自己家里的路。这条路像城镇的马路一样又直又宽，但似乎不可行走。没有毗邻的农田，没有任何房屋，连预示有人居住的狗吠声也听不见。黑压压的树干构成了左右两边的直墙，一直通向远方的某一点，仿佛像绘画课上画的透视图一样。抬头一望，天上的星星又大又亮，不断闪射着金光。它们的布局怪诞，整个排列隐匿着一种可怕的邪气。两边的林木充满了单调的噪音，其中不时夹杂着奇言怪语。他听得清清楚楚，但丝毫也不明白。

他感到脖颈发痛，伸手去摸，却骇然发现手已膨胀。他知道，那圈紫痕是绳索捆绑留下的。他也感到眼睛充血，再也合不上。舌头干得发胀，他不得不将它伸到牙齿外，让凉丝丝的空气冷却它的热度。这条不可行走的路上铺满了草皮，好柔软啊！他并不觉得双脚在触及地面。

无疑，尽管如此难受，他还是悠悠忽忽地走着。此时他看见了另一种情景——或许他刚刚从神态失常中清醒过来。他站在自己的家门口，一切还是和他走的时候那样。晨曦中，一切还是那么明亮、美丽。想必，他已经走了一整夜。他推开宅门，踏上宽敞、洁净的过道，看见女人的裙服在飘动。他的妻子还是那么充满活力，那么孤傲、可爱。只见她步下长廊的台阶，站在那里迎候，脸上露出难以形容的喜悦。啊！她是那样漂亮。他展开双臂冲上前，正要和她拥抱，颈后却遭到重重一击。伴着一声炮弹似的骤响，周围亮起耀眼的白光，随后白光消失，一切陷入黑暗和沉寂。

佩顿·法夸尔死了。在猫头鹰桥面，临时用几根树木支撑起来的绞刑架下，他那已被折断脖颈的尸体轻轻地摇晃着。

图书在版编目（CIP）数据

海上梦魇 /（美）安布罗斯·比尔斯著；邹文华译. -- 上海：上海文艺出版社，2022（2022.7重印）
（域外故事会神秘小说系列）
ISBN 978-7-5321-7999-2

Ⅰ. ①海… Ⅱ. ①安… ②邹… Ⅲ. ①短篇小说-小说集-美国-现代 Ⅳ. ① I712.45

中国版本图书馆CIP数据核字（2021）第255377号

海上梦魇

著　　者：[美]安布罗斯·比尔斯
译　　者：邹文华
责任编辑：蔡美凤　杨怡君
装帧设计：周艳梅
责任督印：张　凯

出　　版：上海文艺出版社
出　　品：上海故事会文化传媒有限公司
　　　　　（201101 上海市闵行区号景路159弄A座3楼 www.storychina.cn）
发　　行：上海文艺出版社发行中心
　　　　　（上海市闵行区号景路159弄A座2楼206室）
印　　刷：上海中华印刷有限公司
开　　本：889毫米×1194毫米　1/32　印张6.625
版　　次：2022年2月第1版　2022年7月第2次印刷
Ｉ Ｓ Ｂ Ｎ：978-7-5321-7999-2/I·6341
定　　价：35.00元

版权所有·不准翻印

上海故事会文化传媒有限公司 出品（01062）www.storychina.cn

想看更多精彩故事？
扫码下载故事会APP

上海故事会文化传媒有限公司所有图书可办理邮购,免收邮费(挂号除外)
汇款地址：上海市闵行区号景路159弄A座2楼206室（201101）
收款人：上海故事会文化传媒有限公司出版发行部
联系电话：021-53204159
如发现本书有质量问题，请与印刷厂质量科联系 T:021-60829062